成长·时光书系

失踪在街上的人

SHIZONG ZAI JIESHANG DE REN

Song Wei

宋尾 著

山西出版传媒集团

北岳文艺出版社

·太原

目录

我的狗

昨晚，我又梦到了我的狗。

我觉得它一直跟我在一起，有时在我前面，有时落在身后。不管怎样，似乎它从没真正离开过我。

遇见它时我九岁，过去三十年了，我还是常常梦见它，而且越来越频繁。有时，我觉得它就在我身体里面。事实也的确如此。

这一次，在熙熙攘攘的解放碑，我们碰见了。然后，我们去了两路口的大田驿站，那是间不错的酒吧，老板吉他玩得很溜，光头上总套个褐色鸭舌帽。他是开酒吧的，但自己从不喝酒。他还是个诗人。我们靠在玻璃花窗边嚼着口香糖，喝兑雪碧的伏特加，开始聊一些过去的事儿，就是没说分别之后发生的那些事儿。也许我们说了，但肯定没提到那些真正的东西。当然，我也没问。“让分别成为一个谜。”一个丰满的女孩在唱一首没听过的歌，我只记住了这句。

这晚，我们喝多了，在酒保的怀里睡着了。我们喝光了酒杯里的眼珠，那些幽蓝的、浊白的或是灰澄澄的赌注。

我是在放学路上捡到它的。

从和平小学回家有一条近路，那就是横穿南湖菜市场，再过个街，就到胜利二路了。

当时，它在菜市的垃圾堆旁找食。那种脏兮兮的、到处可见的癞皮土狗。我之所以注意它，是它只有一只眼，左眼球不知被哪个人用什么东西——也许是尖头的木棍——捅瞎了，眼皮耷拉，脓汁和眼泪从深黑色的眼眶里滴淌出来，远远散发出一股腥臭。我经过时，它用那只仅存的眼珠盯着我。但使我害怕的，是那只破碎的瞳仁，就像砸碎的玻璃被混乱地装在一堆液体里。

虽然没多少经验，我仍然知道，这时贸然跑开是不妥的。我小心侧行，试图绕过它。可不知我身上有什么东西吸引了它，我感觉它蓦然停顿了一下，赫然从身后缓缓地撵过来。我不敢回头，更不敢与它对视。但我没有别的办法。我走几步，它走几步；我停，它也停，蹲下后腿，两只前爪撑着地面。

就这样，它一直跟着我回家了。

直到远远看见门口做煤球的父亲，我才长吁了一口气。

父亲冲我吼道："你从哪儿带了条丑狗回来？嘿！还是个独眼龙！"

他顺手抓了一根晾衣服的竹篙朝它掷去，嘴里一边还发出"嗖嗖"的怪声。这条街上，人们都习惯用这种声音来驱赶讨厌的动物。竹篙并没击中，它仓皇溜出很远，一边跑一边回头。

第二天放学后我回到巷口，又看到了它——但上次我体味到的那种凶恶奇异地消失了。它蹲在地上，用唯一的那只眼忧愁地看着我，好像它流浪了这么久，只是为找到我。

说不清为什么，我觉得它就是我的。

我领着它，绕到后院的露天坝子。那里很安全。无论对它，或是对我。晚上我端了一碗剩饭去，它悄无声息地从黑暗里走出来，吭哧吭哧，那种贪婪又满足的吃相我从未见过，甚至连碗底的积垢都舔舐得干干净净，在夜色里透出一些反光。

它开始跟着我走在街上。

"这杂种也丑得太出奇了！"我们街上的海棠麻子拦住我，很嫌弃地问，"这是不是变种啊？"

他的跟班，那个讨嫌的荀三马上附和："你看，你们两兄弟长得太像了，去，找个镜子来。"

我从他们的笑声当中穿过去。

我不同他们争辩。

因为我一句话都说不出来。

为什么这样，我说不大清楚，至少当时如此。总之七岁还是八岁，我忽然就不开腔了——整整一年，妈妈带我去了很多家医院，朝我血管里灌了不少青霉素，没用。婆婆于是更加笃信胜利二路毛仙人的说法，说这是喉咙眼被一个什么脏东西堵住了，需要“开窍”。但除了画符、烧纸，喝一些味道发臭的黄水，他那些方子也并不怎么奏效，我还是那样。可他从婆婆手里接过的票子倒是真的。但背着他们，我能。我能跟自己说话。这是我的秘密。只不过，现在我多了一个说话的对象，它听得可仔细了。

这条街上的人再次找到乐子了。他们冲它吹口哨，扔石子。把它围堵起来，捡了很多小石子儿，比赛——看谁能砸到它。

每天，它身上挂着大大小小的脚印儿，有时还滴答着一些唾液。其实就是我在一旁，它也逃不开那种厄运。

苟三最爱干的，就是装着漫不经心地经过它，突然转身一脚，反皮靴踢得它从地上呜呜弹起来。过了几天，他不知从哪儿找来一个人造革的套索，圈在它脖子上，硬生生拖着它去找黑豹打架。黑豹是胜利二路最凶猛的一条狼狗，它的每一根毛都流着黑黝黝的油。

那天它回来时浑身都是伤口，血水跟灰褐色的毛皮粘连在一起。我远远躲在巷口。我听到它在悲鸣，但我不敢走过去。我怕它看见我，我也怕这街上的人看到我，欢畅地打招呼：嘿，看见么！你的狗！——我心里有一种隐秘的羞耻。我很难受，被撕咬的仿佛也有我自己。

它艰难又缓慢地走近我，收起四肢，匍匐在我脚下，整个身躯都在发抖，抖得很厉害，像是害了重病的老人，喘息声很响，很浑浊，黏糊糊的口液大块大块地从口腔里流下来，打湿了地面。我很想伸手去摸摸它。一阵风吹过，从它身上传来一股强烈的腥臭味，比往常更浓。我缩回了手。

跟他们一样，我也一直认为它不过是一只狗，卑贱、丑陋的狗。我们总被自己能看得见的东西有意无意欺瞒着。

这个清晨，它照例跟着我去上学。同学们突然对我有兴趣了，确切地说，对我屁股后跟着的这条独眼狗感兴趣了。

早自习的铃响了，他们依旧围着我和狗，兴奋地讨论它那只淌着泪的瞎眼，还有同学把粉笔掰成一节一节的，哼着“我们都是神枪手，每一颗子弹消灭一个敌人”向它投掷。我脸上也挨了几下，火辣辣的。

有个女生问，你们谁敢去摸一下吗？她指的是摸它的那只瞎眼。于是有个男生，上前飞快地捅了一下它那脏兮兮的眼眶，然后收回自己的手指，将指上的黏液蹭到我的后背上，惹来一阵笑声。

我很愤怒，我想揍他。但我做不到。它突然扭起身躯，昂着头颅，从那张豁嘴里瓮声瓮气地冒出一个声音，就像在土坛子里猛烈撞击后发出的声音："马拉逼！"

所有人都被这个不可思议的声音吓到了。包括我。人群一哄而散，几个女生还吓哭了。当然，这个事被班主任知道了。我们身边总是不缺告密的人。

她很生气。首先，她觉得我不应该带狗到学校来；其次，她认为那句脏话指定是我骂的——狗怎么可能说人话呢？

我其实很想辩解来着，但我说不出，也不想说。最后，她表情严肃地告诉我："去请你家长来。"

我当然没告诉家里任何人。要是告诉父亲的话，招来的肯定又是一顿好打。他的巴掌像铁砧板那样贴在脸上，能让你的一切——比如神经、知觉，还有时间——都猛然停顿下来。如果被我婆婆晓得了，她会愤懑地拖着我回学校，站在空旷的操场，踮起小脚大喊大叫，无论是谁惹了我，祖宗八代都要被她一溜咒骂个遍。相比挨打，我更怕这个。

我没回家，带着它东游西逛。

我最想知道的是它还能说点别的什么话。然而，无论我怎么逗它，求它，哪怕踢它一脚，它始终沉默。这让我开始相信老师认定的事实：是我，是我骂的！

我们在城关中学的垃圾场。这里像一座天堂。半截的白粉笔遍地都是，彩色粉笔也不少，只要有足够耐心，能从那里找到更多：一些书、没用完的作业本、文具盒，有塑料的，也有铁的，有很旧的，也有七成新的。这天，它从垃圾堆里扒拉出一个铁文具盒，斑驳的花漆已经辨认不出图案。我拿起来摇一摇，打开，竟然有一沓钱！数了数，一共七块四毛，褶皱的纸币静静蜷在里面。我揣起它们，像小偷一样匆忙逃离。

我思忖着该怎么花掉它，买连环画，还是去东湖公园打气枪。突然，我想起了汽水，咕咕冒泡的汽水，它们像一支部队一样，每天那么招摇地排列在良友小卖部的柜台上。

我们往街口的小卖部走去。它旁边是国营理发店，墙上贴着几张褪色的红剪纸：为人民服务。门口总是围拢着很多人，那些人一天最重要的工作仿佛就是聚集在那里：下象棋，喝茶，吹牛，扯皮拉筋。所以那儿总是乱哄哄的。此刻，他们的屁股全部挤在两三条乌青发亮的木长凳上，好像为什么事争论不休，手间的烟烬随着剧烈的肢体动作散落一地。

我跟它经过时，他们忽然停顿下来。

“咿？这不是茂堂的儿子吗！”苟三的父亲谢大脚看见我，大声说，“搞什么名堂，你不去上学，在街上瞎跑干吗？”

我不用回应。有时大人们问我们一些话，并不是真的想问什么。

他摆摆头，对旁边的人说：“这小鸡巴，老是不开言。”

“那是，哪像你屋里那崽子，好精灵哟。”刘家爹摇头，“这伢儿，这么大，话都不会说。”

“哑巴？”有陌生人问。

小卖部的陈老爹撇嘴说：“原来蛮会说的，说是中邪了，突然就不开腔了。”

“这还稀奇！”

陈老爹说：“可不，有鬼气！”

这人忽然盯着我腿边的狗，惊乍乍叫起来。“嗬！你们看，什么狗这样丑？这是哪样品种！”

“还品种？”毛家爹随便瞥了一眼，没好气说，“就土狗，没长全！”

“公还是母？”有人问，声音尖尖细细。

“跟你一个类别。”毛家爹一语双关。

一群人哄笑起来。

“母的，肯定是母狗噻！”另一位老头笑，“老东西！公母都不分。”笑声短促，像是被人扼住了气管。

“放你娘的屁！”毛家爹勃然大怒，指着对方的鼻子，“你敢跟我赌？”

“赌就赌。”对方说。

旁观者都笑起来，有人言语：“哦豁！卵子打架了！”

毛家爹从哄笑中霍然起身，一双松弛的橘子皮一样满是斑点的手，突然锁住狗颈子，它被倒提起来，在空中四脚扑腾。“哎哟，”毛家爹觑了一眼，大叫，“还稀奇了，那鸡巴东西呢，缩哪里去了？”

谢大脚凑近看：“阴阳狗吧？”

毛家爹拎着狗。

“老谢，你去帮我把推子拿来。”

“拿推子干吗？”谢大脚问。

“我给它搞个造型。”

谢大脚叼起烟，进理发店，抓起电推子就跑，惹得正在剃头的张师傅一阵乱骂：“狗日的，老子的推子是给人用的，不是剃狗毛的！”

“给它弄个啥造型呢？”

毛家爹向众人发问。

“推抹光吵！”有人说。

“那推到什么时候？”毛家爹摆着手上的推子。

“推个井字！”有人说。

马上就有人否决：“这好复杂哦。”

“那推个德国鬼子的标志嘛！”

又有人跳出来：“搞个简单的。快点快点！”

“呃！”毛家爹咧嘴一笑，“来几个人嘛，帮我按着它的爪子。”

谢大脚几个人龇着牙按住它的四个爪子，它开始哀嚎，但它的嚎声被彻底覆盖。这群人玩得兴高采烈。

我不知所措地看着。

突然，我们听到一声——“马拉逼！”

这声音很沉闷，很怪异。毛家爹愣住了，左右问道：“刚才是哪个在骂？”

“马拉逼！”

这次，大家可全听得真真切切。骂声是从它肚子里传出的。四个人触电一样撒了手。它顺势一蹬从他们身边跑了过去——那个十字，只完成了一半。在它的背脊上，留下一个奇怪的符号：⊥。

我在后面撵，迎头撞见提着空酒瓶去打酒的父亲，远远一声怒吼："你没去上学啊？！"我拔腿就跑，大脑一片空白，跑得魂都飞到天上去了，一颗心嗵嗵跳，就像是要从嗓子眼里迸出来了。

我带着它躲进船闸下面的防空洞，这里很宽敞，但湿淋淋的，黑暗中弥散着尿骚味，还有霉味。

我问它："你会说话？"

它沉默。

我又问："你怎么会说人话？"

它还是沉默。

我朝四周望了望，继续问："你是谁啊？"

它挪了一个方向，背对我，把短短的尾巴蜷起来。

我失望极了，也累极了，刚才一阵疯跑让我虚脱。

我醒来时，四周一片死寂，漆黑一片，我爬出洞口，总有个恐怖的影子在背后跟着我，怎么也甩不掉。走到大道上，我一阵猛跑，一口气从船闸跑回胜利二路，看见光亮后，它才不见了。我又重新看见了自己的影子，时而长长的，时而又扁扁的。狗一直在我前面，它的影子就像一个虚无的玩具。

走进巷子，突然听到悲伤的唢呐声——那是隔壁在办丧事。蔡家婆，听说她昨晚死了，早上我挤进去看，她睡在堂屋中央一张白色的垫布上面，人干枯得不成样子，比她活着时还要瘦，但比她活着时直挺了许多。我盯着她看了许久，我不知道人死后跟活着究竟是什么样的差别，人死了，会到什么地方呢？

我带着一种惘然问它："蔡家婆死了，你说我还能再见到她吗？"它微微喘息着，转头，无辜地看着我。

我靠着路灯坐下来，仰望头顶上密密麻麻的星星，不知道它们为什么有的亮，有的又暗，有的大，有的又小。它们是谁的，是谁把它们放在天上的？我默念着："蔡婆婆，现在你死了，你能不能回来告诉我，你在什么地方？"忽然，我非常恐慌，如果哪天我也死了，那么，接下来的一年、十年、一百年、一千年、一万年、一亿年……直到万亿年，我都不会醒来，以后无论发生什么，我也不晓得了。尽管我数学那么差劲，但这个庞大而漫长的数字让我感到心悸，那些死去的人靠什么死这么久呢？他们还会回来吗？如果真的有人能够回来，他还记得自己认识的人吗？……在无尽的狂想中我终于睡着了。可惜的是，蔡阿婆并没来。我的梦里空空荡荡，一片空白。

在一阵剧烈的疼痛中，我睁开眼，看见父亲怒气冲冲地站在我面前，用那支在锅炉旁铲煤的右手揪着我的左耳。

我的耳朵，消失了。

我和我的狗被隔离起来。

那晚，父亲喷吐着浓重的酒味，把我吊在床梁上，用军用皮带狠抽了一顿，一边抽一边咆哮，其实谁也不晓得他在说什么。直到婆婆把房门撞开，颠着小脚照着他脸上就是一巴掌，“狗日的，就晓得喝！把伢儿往死里打！你这抽筋的，死砍脑壳的！老子刷你试试，看你疼不疼？！”父亲脸都不揉一下，回到堂屋继续喝。

至于它——被拴在后院。

现在每天都有很多人来，隔着院子的栅栏对着它指指点点，品头论足，争得面红耳赤。他们是来讨骂的——怀着巨大的热情，期待能得到它的骂声。

他们带来吃剩的骨头，一次次扔向它。但它很难被触怒，甚至不拿正眼瞧瞧这些痴迷的观众。偶尔从它嘴里发出一些呜呜咽咽的声音，哪怕是含混不清的声响，也足以让围观人群兴奋起来。

陈医生——人们这么称呼是因他以前做过几年赤脚医生——笃定地认为狗能说话并不奇怪，他号称曾在乡下见过会吹笛子的水牛，还有会说人话的猴子。他判定，这狗能说话，原因出自它的喉管，肯定是那里的畸形导致发出这种类似人的怪声。他提议，由他主刀，将它开膛破肚，重点检查它的发音系统，看是不是由于畸形或堵塞而产生的某种发音变异。

县粮校的刘副校长——虽然他住在这条街上，但这是头次见到他来串门——鼻子嗤了一声，就开始反驳了。

刘副校长满嘴文化味，每句话末都带着一个“嘛”字。“猴子嘛，说话不奇怪嘛。达尔文说了，人本身就是猴子进化的。水牛会哼哼，这有什么奇特的嘛。但是狗——你什么时候见过狗说人话嘛，就算是喉咙里长了痔疮嘛，也不至于说得出人话啊，是不是嘛。”

有人插嘴：“这是狗精，只有狗精才能说人话。”

刘副校长轻蔑地说：“这根本不是狗。很可能它是一种叫讹兽的野生动物。”

“什么……兽？”大伙听不懂。

“跟你们说不清白，反正就是一种怪物，擅长模仿人类说话，而且一套一套的，专门哄人。《山海经》上就有对它的记载，说它的肉鲜美无比。”

“那为什么它只会一句？”这也是大家共同的疑惑。

“有进化，当然也有退化。”刘副校长的解释似是而非，但也合情合理。

不过当他离开，新的争执又开始了。

谢大脚说：“什么狗哟！这不是狗，是太岁。”

有人不同意，说太岁哪里是这种形状哪！怕是——狗跟太岁的杂种喔？

这种言论，一般都会博得哄笑。

争议看来一直在持续。但毫无疑问，它不是一个简单的畜生。大家普遍这么认为。

这只不知来自哪里的土狗突然变得走俏起来。

有托人来买它的，还有直接跑来讨价还价的。看妈妈的样子，好像动心了。

不过婆婆坚决拒绝了这一切诱惑。为此，妈妈被调去三班倒，因为她的副厂长要买下这只狗的愿望也落空了。

有天后半夜，警醒的婆婆发觉了动静，将老爹推醒，让他到后院瞧瞧。老爹一进到院子,就被人从后面一棒子打晕在地。两个模糊的人影翻墙垣溜了。婆婆分析，贼人的目的肯定是这条狗，她到院子的时候，除了晕倒在地的老爹，狗也躺在地上一动不动，嘴边叼着吃剩的肉块——下了药的。要晚点发现，狗就要被人给弄跑了。

这给全家蒙上了一层阴影，当晚他们就开会商议，半夜去把毛仙人也请来了。我不知道他们商量什么。

我扒着后厢房的窗棂，但什么也看不到。我只看到一团黑乎乎的夜晚，很薄。后来我听到一种声音，也很薄，像是老人的哭声。我觉得是它。

第二天，我坐在门槛上晒桃花太阳，突然听到从后面院子里传来一声惨吠。是它，是它在叫。

透过窗子，我看见老爹牵着铁链子，父亲执着一根大铁棒——大板车车轱辘中间的那根轴承，足有十二三斤——狠狠地敲在它身上，它一边哀叫，一边躲跳，铁棒像雨点落在它的背脊、头颅、屁股、尾巴、腹部或者任何一个可以砸到的地方，我此前从未听过那种声音，沉闷、脆响。

我没哀求。我很早就知道哀求是最没用的东西。

它匍匐在地上，大口大口地喘气，它那只瞎眼里脓汁都流干了，大量鲜血从那里涌出来，将那些残积的东西都冲掉了。它的背脊塌陷下去了，一层光秃秃的毛皮耷拉在凹陷处。它身上也再看不到任何人的口水和脚印，全是大块大块的红色的污渍。

他们合力棒打了一下午。父亲问："怕是行了吧？"老爹说："你就是把它敲死了，只要放在地上，它就能活过来。命硬得很。""那怎么办？"父亲问。"你把它吊起来，只要不让它接地气，它就活不成。"

父亲用铁链子重新把它套起来，找了根长木棍子搁在院墙的两端，把它倒挂，吊在半空。

半夜，我又听到那种嘤嘤的哭声。我睡不着，偷偷爬起来，躲在窗子背后。那晚的月亮很圆，蓝幽幽的月光铺在地上，也铺在它黯淡的身躯上。它倒悬在院子里，格外凄长。它在哭。我看见它的眼泪淌在地上，那么大一摊泪水。

天亮时，我回到床上。一只尖嘴的蚊子，嗡嗡飞旋在床帐里，像在找自己遗落的什么东西。

吊了两天一夜，它终于死透了。

父亲早早烧了一大锅开水——他要剥皮。这也是胜利二路的传统。几乎每户男人都有这种好手艺，剥水蛇皮，剥刺猬皮，剥肚子鼓胀的水老鼠的灰皮。但凡有这样的机会，必定要当众表演。

我们家门口早早就挤着围观的街坊，但剖开后的结果显然令他们失望了。更准确地说，是释然了。去掉皮后，没有在这狗的内部发现什么值得惊奇的东西，不管是内脏和骨骼，乃至任何一样东西，看上去跟普通的狗没什么区别。

这是我第一次见到被剥去皮的狗。

在我眼里它不像是死了，更像是刚刚出生。嫩红色的肉、四处游走的筋和血管清晰可见，在那种粉嫩的红色之上包着一层极薄的乳白色的膜。它是那么陌生，仿佛这根本就不是我熟悉的它。我依然相信它并没有死，但无论如何，它不可能再重新穿上那身被扎漏了的皮囊了。

那些溅在上面的血污，它们不再发亮，而是慢慢变成一种深黑色的物质，就像被凝固的阴影。

父亲剥掉它的皮后，将内脏取出来递给婆婆，她很细心地在内脏中挑出心和舌头，用一张纱布包好。街坊们起哄："总得分我们一点汤吧？"父亲敷衍着："行，行，好，没问题。"起夜雾时，他将剁好的肉块用报纸分装，包好，选了几户常走动的街坊，每家分了一些。

这晚，全家人——两个舅爷、几个同姓的叔伯——都来了过节一样，围着吃炉子。炉子烧得旺旺的，绿色的火苗直往边上乱窜，铁锅烧得烫乎乎的，放了辣椒的红汤煮得沸沸的，里面，它被切成一块一块，在汤锅里上下翻滚。

他们在喝酒，就连婆婆和妈妈也喝了一杯。每个人脸上都是喜气洋洋的，像过年一样。妈妈从锅里捞了一块肉，递到我的碗里。我拧着身子，躲过她的筷子。

这个姿态引起了父亲的注意。

他站起身来，我随即畏惧地抻直脖子，端正自己的坐姿。但让人惊讶的是，他并没对我的不敬动怒，反而温柔地抚摩——当他手掌放到我头顶时，我全身都绷紧了——我的脑袋瓜，随后，他转身用筷子夹了一块肉放在我碗里，轻声说："吃吧。"

我不会拒绝，我不知道怎么拒绝。

我将那块肉使劲搅拌在饭粒里，屏息，大口吞了进去。我尽力忍住不让自己吐出来。

晚上，我梦到它了。

我们一起在县河边溜达，我问："你是谁啊？"

它笑嘻嘻的："我是我啊。"

"怎么一直不跟我说话儿呢？"

"我一直在跟你说话儿啊？"

"我还不晓得你叫什么。"

"我没有名字。"它说，"但你可以用你的名字，叫我。"

嘿，我觉着很有意思。

"你到底从哪里来啊？"

"我从你那里来啊。"

"从我来？"

"是啊，现在我要回去啦。你等着，我们马上就要在一起了。"

然后，它一个猛子，向我的肋下扎进来——先是它的头，接着是身干……我的皮囊被某种力量撕开，脓得难受。

“疼！”我痛苦地说。

“嘘！”它微笑着，这是我对它最后的记忆。

然后这张笑脸也进到我的身体。

一阵痛楚使我苏醒过来。我发现，几乎全家人都簇拥在房里。婆婆、妈妈、父亲，还有毛仙人，以一种我从未见过的虔诚的姿态捧着一个白纱布包——喔，我认出来了，那是它的心舌研磨的粉末。婆婆小心翼翼，一勺一勺把粉末塞进我的嘴里。我好奇地盯着他们，我不知道他们在做什么，为什么要这么做。但我没有害怕，甚至没有一丝疑问。

很快，我又睡着了。

寂 静

毫无疑问，作为哑巴的不幸，在于这是一种严重的身体缺陷。可我们觉得，熊哑巴应当为自己的这种缺陷感到庆幸。因为，再没有比他的老伴儿更唠叨的婆子了。

一个是世上最能说的女人，另一个偏偏听不见任何声音。真的，他们活该是一家人。

一走进巷口，我就被唠婆拦住了。话说回来，你很难不被她堵上。她天天蹲坐在一米高的屋台阶上，这样一来，只要她愿意，她总能找到理想的倾诉对象。

“来来，伢儿，帮我穿下针眼。”她觍着笑，让人发麻，“这条街上的伢儿，就数你心肠最好了！”

老实说，我已经厌恶了她的奉承。她的每一句奉承总要说上好几十遍，跟每个人她都这么说，每次都像是第一次说——真不知道她是怎么做到的。

再不情愿，我也只有接过针线。

线两头都是湿漉漉的，涎水的味道就像是刚揭盖子的咸菜坛子。我婆婆嘴里也是这种味儿。要是我犯个头痛脑热，婆婆就拿食指濡着涎水抹在我额头上，来回使劲抹，然后会问："舒服多了吧！"我躲一躲，"嗯，好多了。"

我把线头搓了几下，线头更黑了。我对着橘黄色的夕阳穿针。其实我眼睛也不好，医生说我假性近视。但告诉她也没用呀。

她津津有味地看着，不停"啧啧""啧啧"。

我侧过脸，装出很投入的样子，为的是躲过这种毫无意义的赞美之词，当然，最重要的是躲避她的口气。

"放学啦？"她又说。

这并不是真的在问你。无论对着谁，她习惯从某一句废话开始倾诉。

"婆婆的腰杆好些了吧？"

也不用回答一个字。

她习惯自说自话，用下一句话来回答她刚说的上一句话。

"昨半夜，哎哟！又下雨了，淅沥沥的，这到底什么鬼天道呀，屙又不屙个干净，滴滴滴，滴得心烦。"她絮絮叨叨，"……这个烂膝盖，一到雨天就疼，钻心地疼。"她费力地揽起裤管，一股油膏味儿，很冲鼻子。乌乌的一块，油腻腻的。我从不知道她抹的是啥玩意儿。

“伢儿啊，叫你婆婆不要信毛仙人的，他的膏药没用，还贵得吓死人。我是再也不信他了。给你说啊，这背后新开了一家药店，坐堂的医生姓王，开的药也不贵，人好和善哟，叫你婆婆……”

“给，穿好了！”

我赶紧把针线递给她，飞快跑开。再不跑，她可能又会把那个乌青发亮的“不求人”递给我，让我给她挠背。我不擅长拒绝，但是开溜我总会吧？

跟唠婆比起来，我觉得妈妈的絮叨还是可以忍受的。

为了一片烂掉的白菜叶子，唠婆可以给你说到一九四九年，中间穿插无数的枝枝蔓蔓。上一句说菜贩子怎么怎么讨嫌，下一句或许是该死的儿子总喜欢倒她留的剩菜，接着可能是——“狗日的耗子哇，硬是精得很哟！我留半碗肉汤，它把肉啃得一点不剩，就剩一碗水。”

总之呢，随便一点什么事她能拉上你说上两三个小时，丝毫不给你插话的任何时机，因为所有谈话空隙都被她连贯的语气填得满满的。如果发现你准备张口，她会猛然加快语速，“你听我说”，或者更激烈，“哎！你先听我说完嘛！”

她仿佛从不知道，她说的十句话里总有三四句是重复的。实际上，她说的全部内容都是废话，没有任何意义。她在昨天、今天、明天，说的那些话基本上都不会相差太多。

她就是那样，啰唆，磨蹭，絮叨。人人都叫她唠婆。当然，她也姓劳，劳苦命的那个劳。这个姓简直太符合她了。

“不给你们说，难道给哑巴说？”

每次我抱怨时，我妈总是显得很理解。

实际我瞧见唠婆对着哑巴也说。好处是哑巴从不插话，也不抢占她的发言权，更不会阻止她往下说，或者反感她的唠叨。

她生来就像单为了讲话这件事。好几次我看见她对着墙壁、家具和锅灶说话。我怜悯那些没有脾气的木头和砖头。

“前生她就是个哑巴！”妈妈说，“哑巴呢，是前生话说多了。”

呃，这道理似乎说得通。

“唉，哑巴真是造孽哦！”

大家都这样说，原因在于——哑巴不该生两个儿子。

两个儿子搁在别家，可能还嫌少，但在他家，那就是真多了。两弟兄天天吵得河翻水翻，砸锅碎碗。

这两兄弟闹分家也有好几年，我连看稀奇的心都没了。劝架的街坊们一年来几十趟，街道的方主任一个月也要来四五趟，派出所跟妇联都来过，还是解决不了问题，照样闹，照样吵。

海棠麻子下了结论："这不怪熊大哥，也不怪熊二哥，要怪，只能怪儿子的两个婆娘，一个属水，一个属火。都是她们在兴风作浪！"

可是话说回来，两个儿子，两套班子——房间一大一小，说到天，问题始终还是要落地的！

除非天上突然落下一间一样大小的房。就是掉下来，也不一定归他们家。万一掉下两间，还是分不匀，还得争，还得抢，还得闹。何况天上也掉不下来房子。所以，他们家只能天天吵得河翻水翻。

每次我经过哑巴家，总感觉那面单薄的青砖墙里还隐隐蕴含着一丝稀薄的咆哮。

我是喜欢哑巴的。

每天只要我路过哑巴的小摊，不管手上有没有活，窝在一堆臭鞋子里头的哑巴总会抬头冲我呵呵笑，脸上挤满深深的褶子。于是，我也回敬他一个。当然，要是挨了老师的板子，我可对谁也笑不出。

事实上，不光是我，这条街上的人都喜欢哑巴。这不难解释。我想，大概因为他不会说话，而且不会在背后说你坏话。重要的是，无论你说了什么，他也不会泄露出去。他像个慷慨而无私的垃圾桶，只进不出。他耳朵里那个世界是完全静止的。

我想象不出那种“寂静”是什么样的。有几个夜晚，我试图搞清这个问题，但我发现，语文书上说的“万籁俱寂”，其实是不可能的。不管怎么寂静，细微的声响总是有的，比如风吹过树梢、昆虫的低鸣，甚至，我发现大地都是有声响的。当然这需要很大的耐心。我也不是每次都能听到这种声响。

哑巴爱笑。

哪怕儿子在屋内干仗，老太婆都蹁在堂屋哭号，他还蹲坐在门口的小板凳上，朝每个侧目路过或是看稀奇的人点头，一脸笑眯眯的。

哑巴总算也是有一点好处的，起码可以让他活在一个独立的世界里，一个无人打搅也不怕被打搅的世界。

四岁起我就跟哑巴一块儿玩了，要是妈妈去上班的话。

每次，她慌慌张张地把我扔在皮匠摊，走几步，回头大声说：“记得啊，不要乱跑，要听哑爹的话！”

她似乎忘了，哑巴是不会说话的。再说，她总是让我喊他

“哑爹”，但不管我喊什么，他能知道吗？

妈妈不这样看，她说：“你喊没喊，喊什么，哑爹心里知道。”

妈妈说得对不对我不知道，但我知道哑巴的宝贝，就是那个四方形的大木头匣子。每天，他带着它出门，当然，还有那个黑黝黝的铁三角支架、人造革的黑皮围裙。

哑巴做活时，我常常起劲地翻找他的匣子，里面有鞋底、针线、掌子、后跟和各式各样的铁钉子，还有一股很大的味儿。

每次在哑巴那儿，他都要给我买点零果子吃。有时是一颗糖，有时是两颗酸梅子。如果是夏天，当然是冰棍啦！有时他买两只，但他不吃——全给我。

尽管他不说话，但在那儿的时间充满乐趣。他爱看我吃冰棍儿。每回看着我哧溜地吮吸快要溜走的甜水，他脸上的皱纹都弯成一杠杠的弧线。

要说，哑巴的手艺简直没得说。

街坊们买了新鞋，得送来让他安掌、走边，不然心里不踏实，总觉得走着走着，鞋面跟鞋底要走开。

不管什么样的鞋，哑巴都能修；不管破成啥样，在他手上过一过，总能像模像样。

我喜欢看着哑巴干活儿。他捣鼓活计时那种专注的表情，让我觉得修鞋简直是天底下最值得也是最有乐趣的活儿。事实也是如此，只有面对那些臭鞋子，他才是快活的。

他也仅仅只会修鞋，他永远也修不好两个儿子的臭脾气，也无法修补唠婆过度的倾诉欲望。

在别处修鞋，可能一根烟工夫。但在哑巴这里，有时得等个一两天才行。街坊一边埋怨哑巴的动作慢，一边又将更多的鞋子堆进他膝盖上的皮裙。

哑巴的手艺顶呱呱，但赚不了钱。他定的价格几乎就没怎么浮动过，就像他根本不需要钱。事实也是这样，他不盖房子，不买菜，不下馆子，连邮票都用不上。除了那件深色的中山装，他似乎不再需要其他衣裳。他的旧鞋子倒是多，多得让唠婆四处送都送不完。他不知道什么东西都在涨，除了他的修理费。

到后来，常有陌生人不相信地伸出手，“五角？”

他扬起那张笑脸，点点头。

人家迅速提上鞋子走了，生怕他失悔。

这样一来，哑巴把隔壁那个年轻的黄皮匠惹恼了。一次，黄皮匠看着他收完钱，终于忍不住冲上去吼他：“你神经病呀！你这样搞，叫我么样做生意？”

哑巴和蔼地打出一套手势，我传达他的意思：

“都是街坊邻居。”

“你到底是哑巴，还是个苕呀？”黄皮匠脸都气得青紫。

第二天，黄皮匠把摊子搬到了供销社那边，隔了两条街，按他的话说，离哑巴的摊摊必须有“五丈八尺远”。

哑巴总是要天黑了，路灯亮了，才回家。

我从没见过哑巴跟家人在一块坐在桌子边吃饭。每次他回去时，一家人也差不多都吃完了。这时，他就把剩菜赶到碗里，蹲在门口，一边吃一边对过路人微笑致意。

哑巴又瘦又矮，唠婆却又胖又高，比哑巴高出大半个头来。

我很好奇，这两个人是怎么凑合到一块的呢？有一回，我问妈，结果被她拿筷子敲了一下，手背上青痛。

“你还操心多！作业做了没？”

我一直都不晓得这个谜。

我也问过哑巴是怎么哑的。

“不晓得！”妈妈很不耐烦，三个字就把我打发了。

不过，婆婆告诉我，哑巴是有一年在卫生所打链霉素，把嗓子给弄坏了，说不成话。再后来，不知怎么搞的，耳朵也听不到了。所以，哑巴的问题不光是哑，还聋。

原来是这样。

我想了想，又问：“那，唠婆以前就喜欢唠叨吗？”

“反正我是没看见她嘴巴停过，”婆婆显然不喜欢唠婆，“她也不嫌嘴干！”

我知道妈心里是向着哑巴的。她要是炸了肉果，或者蒸了肉，就拿出那个不常用的白搪瓷缸子，盛半碗，上面铺一层白饭，喊我：“来，给哑爹送去！”

我很乐意跑这趟。

“笨蛋！”后来妈妈拿筷子敲我头，“你要看着他吃完了再回来！”因为，妈妈发现哑巴总把上面一层饭刨了，那些肉果子原封不动带回去，一个个干干净净摆在桌上。而一旦到了家里，什么好东西都轮不到哑巴啦。

我走远了还听她叫唤：“不要玩忘形了！记得把搪瓷缸子带回来！”

每当我偷懒不想洗碗、扫地、叠被子时，妈妈总教训我：“劳动最光荣了！你看看哑巴，一天到晚都在忙做活。”不过，她也常说：“现在不学好，以后长大了，只有跟着哑巴学补鞋子了！”她是矛盾的。

我问她：“那我到底该学什么？”

“学那些当官的、读大书的，读了大书才能当官！”

她又说：“当科学家也行！”

“那我又当官又当科学家！”我说。

“放屁！”又是一筷子打在我脑壳上，“小王八蛋，你还想当玉皇大帝哪！”

哑巴家开始盖新房了。

熊二在后院——原先那个露天厨屋的地带——新起了一栋红砖房,这也没几天的事。我们眼见着熊二用拖拉机运来红砖、河沙、水泥，又眼见他领着一帮赤膊小工起房子。一天两天，就像码积木那样，一栋粗糙的平房就搭起来了。

可是，熊二辛辛苦苦搭这个积木还没半年，又怒气冲冲地将它给推了。

我妈是这样总结这件事的：

这就像在木桶里洗红苕，你把沉在下头的苕捞上来，浮在上面的苕就只有被挤到水下面。

不管咋说吧，熊哑巴家总算有了两套房，这个事不扯了，但其他的矛盾也更激烈了。这家两妯娌,从来不缺战斗的目标。有时为了一瓢泼出去的水，有时为了几毛钱的水费，有时是为了一句什么话。这回，是为了上厕所的事，两妯娌闹得不能下地，一个说另一个把尿泼在她门口，一个赌咒发誓说另一个是血口喷人。

本来只是两个女人在闹，后来不晓得怎么搞的，两兄弟也掺和进来，大打出手。

第二天一早，我们看见熊二把好不容易砌的墙给扒了，一边扒一边哭，“日你妈个逼，老子去外面讨米也不犯你的眼屎！”

熊二愤愤地领着媳妇走了。

街坊显然同情熊二。因为他确实有点冤，造成他一切痛苦的根源仅仅只是，他是儿子当中那个后来的，在结婚、生子这两件关键事情上，也仅仅只是迟到了一点点。所以，他连那个小房间都住不下去了。

“还是老二耿直。”海棠叹道，“走了也好。”

“换成老子，”苟三说，“死都不走。老子搬出去，在原来那间房里养八头猪，熏死那两口子！”

“你们少放些花鼓屁！在这里煽风点火。”居委会方主任说，“先到先得，也是应该的嘛。”

不过她也承认，“老大两口子确实过分了一些，一点都不受商量。”但这个结局让她也松了口气，“走了也好！反正这两妯娌已经到了不可调和的地步。她们要么不碰面，一碰就要擦出火花！”

“什么火花哟，又不是亲热！”海棠更正，“是擦枪走火！”

“我说火花就是火花！”方主任厉声说，“没火花，你看哪把枪打得响？”

两兄弟正式分家。哑巴跟了小儿子，嘮婆归大儿子。

海棠这样分析熊大之所以不要哑巴的原因。“媳妇儿嫌他脏，又聋，看样儿也活不了几天。”但是，“嘮婆还年轻，起码能烧火，帮着带伢儿。”

哑巴就这样离开了胜利二路。

他走了，街坊们多年养成的习惯也被打破了，出门遛弯时再不会顺便提溜着一双鞋子。

两年后，哑巴又回来了。

这事在街上引发了议论。“啥鸡巴玩意儿？都听媳妇的！”海棠颇为不满地说，“为几个银牙子，把自己爹娘换破鞋一样，调过来调过去。”

其实街上的人都清楚，熊大家的媳妇响枝之所以要跟老二家把哑巴换过来，并不是什么“跟嘮婆天生就八字不合”，也不是“老大就应给老子尽孝”。

要说实情就是：熊二搬了不久，熊大就病了，倒不是为弟弟伤心，而是胃病犯了，总治不好，没法上班。他是个灵醒人，托关系办了病休，躺在家里。天气好，骑个自行车四处寻方子，刨草药。

“报应！”海棠老是这样说。

所以这才是响枝非要撺掇男人把哑巴接回来的真正原因——虽然她常骂妯娌是“乡巴佬”，其实自个儿也是，不过是相对而言离城关更近一些，也是没户口，没单位，熊大一病休，她的危机感就出来了。

当然，还有一个隐秘的原因。街坊们是这样传的：

哑巴搬到熊二那里后，原先的摊位被黄皮匠占了。他不像哑巴，补什么，怎么补，都是一巴掌。他的巴掌多得不得了，一伸好几个。人人都知道，他拿旧掌当新的卖，随便一块铁掌就说是国标产品。他的做法跟哑巴不一样，他太能吹了，赚钱的能力也太强了，一天能挣几十块。

熊大媳妇儿本来就眼红，后来还被黄皮匠打整了一回。

有次她拿儿子的皮鞋甩给黄皮匠，才几分钟的事，说要收她五块。在她脑子里，补鞋本来就是不要钱的，哪里还会想到补个胶、上个线都还要这些钱！再说，她身上连灰一块掏光了，也没五块。闹了半天，工商所的人来了，拎起鞋扫了几眼，就定案了：“五块？这个定价不黑。你要去南湖市场，那里起码收你六块。”这算是把响枝丢了个大丑，脸气黑了，头气蒙了，心也气伤了。从这天起，她就跟黄皮匠杠上了，逢人就说：“非得把这无赖东西赶走不可！”

“噢，你以为他是你家妯娌，”海棠幸灾乐祸，“你想赶就赶得走？”

“那明明是我家的地盘！”她愤懑地说，“给好不知好的东西，还敢宰我头上！”

“是是，您把他赶走，我都谢谢您。”海棠头也不回走了，嘴巴喋喋道，“嘿，城关都是她家的。”

结果黄皮匠还真是被她搞走了。因为她又把哑巴弄回来了，叉着腰吼了好几天，黄皮匠也就妥协了——把屁股稍微挪动了一下，又回到原来那个位置。

这样一来，响枝就正式到皮匠摊去上班了，会计兼经理，一双肿眼泡死盯着黄皮匠，他修一双鞋多少钱，她就收多少，没钱可收的时候，她就把嘴搁在哑巴身上，抱怨哑巴手太慢，“死哑巴，绣花啊你！”

我从那里路过时，哑巴再不朝我笑了。

又过了一段时间，要过年了，熊大两口子突然难得起了一次大轿——很殷勤地把唠婆请回来，说是团个年。可是这顿饭吃完，他们就不让唠婆走了。

就这样，大年三十晚上，年夜饭一吃完，哑巴又回老二家了。

“哪个不晓得她心里打的算盘？”海棠麻子很气愤地说，

“看哑巴害病了，晓得他快死啦！这个时候不扔，就来不及了嘛。换唠婆回来，起码还能帮她带伢儿，做饭洗衣服，搞个十几年嘛。”

哑巴对他们这家人确实也没用处了。因为响枝宣称，她已经把这门手艺学到手啦。

年三十晚上，熊大两口子用两辆自行车，就把这个麻烦解决了。一个车驮人，一辆车驮行李。快到门口，把哑巴和行李放下，让他自己走进去。

这就是为什么熊二几次来交涉都无果的原因。

响枝的声音比电线杆上的喇叭还响，“喂，喂！你各人搞清楚，哑巴是自己过去的！”她拿手指着唠婆，“你是当事人，你说说！你给我做个见证！”唠婆缩着脖子，畏畏缩缩的。响枝又大声问询：“那你说，你是愿在我这边还是在他那边？”唠婆咳咳地说：“哪边都一样，一样。”

“哦！”响枝以胜利者的姿态进屋了，哑巴归了熊二。

没多久，响枝又后悔了，四处告人，“老子肠子都悔青啦！”

因为她突然发现，老人死得越早，对后人来说就越轻松。她朝一些街坊抱怨不停：

“那个死唠婆，其实也干不了什么事，养着又累赘，又脏！只要她在，整个屋都是老人臭！”

比这更气人的是——哑巴走得很撇脱！在床上没躺几天，也没去医院，连药都没吃一口，轻轻松松就死了。

响枝悔得捶胸顿足，“哎呀！日他妈的，这好的事，被狗日的老幺享到了！一点麻烦都没得，就是把人往火葬场一送，几桌酒席一摆，赚了形象又赚了人情。”她越想越气，看到唠婆，眼神简直都戳得死人，硬邦邦的。

有一天，我听到她对唠婆骂咧咧的，“老不死的呀，我跟你说，我屋里的米硬，好吃不好消化，劝你早死早托生！”

唠婆虽然抖抖索索的，命却不是一般的长，啥病也没有，甚至一点要得病的迹象都没有。这更让响枝烦上加烦，只要看到唠婆，就踩着她影子骂：“死婆子，腌臜死了！”

其实，哑巴死了两三年之后，她还是成功地把唠婆又销给了熊二那家。当然，跟这个故事已经没多大关系了。

我要说的是另一件事。

哑巴死前，我跟着妈妈去看过他。那是我第一次去熊二家，他的房是我见过的最小最逼仄的楼房，进深不足三米，因为太浅，所以铆足劲盖了四层。站在侧面看，就像个扁扁的平面玩具屋。

妈妈把带的礼信搁在堂屋方桌上，跟熊二媳妇吹起龙门阵。

后来，来了几个妇女，她们干脆坐上桌，抹麻将。看我无聊，熊二媳妇从橘子里随手取出几个，让我送上去，说哑巴在最上面一层。

熊二家的楼梯很陡，又很窄，刚好只能容一个人上下。我腾腾爬上楼顶，看到唯一那间门敞开着，难闻的气味从里面飘出，蚊香烤煳后的那种味儿，还有一种浓重的尿臊腥。这是一个储物室，大纸箱一直堆上了顶，蛇皮袋艰难地挤成一堆。墙边搭了一个小绷子床，上面垫了一层草，再上面是褪色的蓝白条幅床单，再再上面，蜷着瘦小的哑巴。

哑巴睡着了，奓着嘴，涎水流到发黑的草枕上，湿了一片。他一动不动，但两个鼻孔还在喘气，几根灰白的鼻毛伸到外面，抖动着。

可怜的哑巴！妈妈说他救过我呢。

妈妈说我在哑巴那儿走丢过一回。有个人拿糖给我吃，我就屁颠儿着跟他走了。幸好哑巴一路奔跑，找到城关中学那截——发现我后，哑巴拎着手上的裁刀就冲过去，那个拐子吓得掉头就跑了。就是那天起，妈妈让我要恭恭敬敬喊他“哑爹”，听不见也要喊。“做人要有这个心。”她说。

我把水果放到枕头边，上面一层塑料纸窸窸窣窣的，听到声音他的眼皮掀开了一些，一会儿后睁开，看到是我，笑从他那张橘子皮一样的脸上浮了出来。

“给你吃的。”我说。

他点点头。

我拿起一个橘子，三两下剥去皮，塞给他。他张嘴咬了一口，橙黄的果汁顺着嘴角流下，一直钻到脖子里面。

“呜之吃天银那杨……”他把剩下的半截也吸进去，嘴边发出很满足的含混的声响。

“什么？”我下意识地回应了一句。

他褐色的舌头缩了回去，咂巴着，笑眯眯地说了一个字。

这次我听清了：“甜！”

见鬼！

哑巴在说话，他说了“甜”！

我没听错吧？我吃惊地盯着他。他仍保持着笑，凹陷的皱纹都快把他的眼眶淹没了，但他仿佛一点儿也不知道自己刚开口说话了，而且把我吓到了！一阵惧意涌来，我顶着发麻的头皮噔噔蹿下楼。

堂屋还在打麻将，我轻轻拉着妈妈的衣服，她转头吼了一句：“有屁就放！”她一发毛，那就是输了。我望了望桌子上另外几个人，终于忍不住说：“刚刚……哑爹说话了。”

“噢！哑爹说话了呀！”她们稀奇地看着我。熊二媳妇打出手里的一张七万，“他说什么呀？”

“甜。”我整个人还在微微震颤，“他说，甜呀。”

“嘎——”熊二媳妇夸张地头往后仰，哈哈笑得下巴都掉了，“看吧！还是哑爹最喜欢你！他经常吃到甜的，从来不告诉我们，就跟你一个人说。”

“哎哟哟！”她们一起爆笑起来，似乎刚刚我说的是天底下最好笑的笑话。

我真不明白我说了什么这么值得笑！

几天后，哑巴死了。

他的丧事还算称得上隆重，老街坊们全去齐了，帮忙的帮忙，打牌的打牌，吹牛的吹牛，抽纸烟的抽纸烟，寒暄的寒暄，乐队在一边敲锣打鼓，就像过年一样，热闹，喜庆。

我想起那天他对我说话来着，我特别想再上到顶楼看看。但上到三楼，我就退下来了，上面死寂清冷，我有点怕。

回到楼下，我看到唠婆颤颤巍巍地走在厢房里，东摸西摸，不知在找什么东西。刹那间，我有个很奇特的念头，我特别想把我知道的那个秘密告诉给她。

“唠婆。”我轻轻喊道。

她没听到，驼着宽厚的背，在橱柜里摸来摸去，终于摸出一块已经发黑的柿饼。

我走近一步，在她耳边大声说："唠婆，晓得啵，哑爹跟我说话啦！"

她一点反应都没有，嘴里含糊不清冒出一串嘟哝。

忽然我就丧失了那股冲动，很无趣地白了她一眼，出去了。

有次，晚饭后，我离开桌子坐到门槛上，拿树枝拨蚂蚁洞，背后，妈妈不知怎么跟婆婆提到了唠婆，两个人低言低语，叽里咕噜的，我还是听到了一句："唉，就这么聋了。"

"什么？"我好奇地回过头问。

"你的顺风耳呢？落在哪个巷子里了？"她不满地乜我一眼，"未必你也像唠婆一样，聋啦！"

哦，爱情啊

这天早上，胜利二路来了一只灰喜鹊，落在门口那棵老楝树上，撅起屁股屙了一粒屎，跟着就在屋前屋后来回打旋。

“怪吔，死雀子喳得人心里犯昏，该不得是有什么事哟？”婆婆眯起眼说，“伢儿呀，你到街头帮我觑一眼嘛。”

我翻了个白眼，从台阶上跳下，往相反方向走了，惹得她踮起小脚追过来一通臭骂：“拴钉子的！喊都喊不动，懒得抽筋……”

其实我在前面巷子拐了个弯，就从前街绕回去了。

在面馆门口，一行人闹闹喳喳走过来。四五个人陪着一个女的进到我们这条巷子，这个女的胖墩胖墩的，戴一副墨镜，背上挂着一个帆布包，土黄色，米袋子形状。我紧跟那个奇怪的背囊，长长的，瘪瘪的，挂在宽厚的背上，就像被抽了气一样。

几个街坊伸出狐疑的脑壳，“什么来头？”

我晓得他们是干什么。这女的手里提的那个黑黝黝的笨重家伙我认得，那是一个相机。

前面带路的是个锛头，这显然是街口牛师傅的手艺。不管你是哪个，只要钻进他的理发店，出来不是锅铲，就是锛头，当然，秃子除外。这个男的比她更胖，两个人并排走在前面，巷子顿时就窄了好多。

选才叔远远迎出来，跟以前一样，都是安排好的。

我没看到柳姨，她肯定躲起来了。

她没跟街坊抱怨过，但连方脑壳都晓得她怕记者，看到记者就腿软。

说实话，那些报道，每篇我都看了，同样的一件事儿，翻来覆去地说，除了署名不同。我不晓得他们为什么喜欢干这种无聊事。

那天，海棠麻子站在街当中说："他们就是要把一根甜甘蔗嚼成渣滓，然后再吐出来。"他咔咔从嗓子里扯了一声，一口浓痰射在地上，打了几道滚，裹在一团黑灰当中，静止了，"就像这样。"

"但这也要你情我愿呀，"海棠麻子就是这样，爱对任何事儿做出评价，他擅长这个，"不是说你有家伙就一定成了嫖客啊！"

他把选才叔对记者的殷勤形容为“婊子相”。

“你看他装，口口声声跟我们说几烦几烦哟，其实心里不晓得几欢喜！你把他拖到花鼓剧团开会表扬，底下挤翻天就百把人。记者写一回，就等于当着全国人民表扬了他一回。”海棠乜着眼，“他能不殷勤？”

话说回来，海棠跟选才叔一直不丁对。

选才叔将这行人迎回屋。花茶早就泡好了，浓郁的茉莉花香熏得我鼻孔发痒。

这条街上都喝白开水，就他用这个。我向他讨，他就摆手，“你不能喝，这是剐油的。”我心里说：“剐你个雀雀！”

女记者把蓝花玻璃杯搁到一边，问：“女主人呢？”

“她——在后屋，”他嘴唇努了一下，“有点小恙。”

你看，他说话硬是跟别人有那么点不一样。难怪海棠总说他：“婊子养的！说个话像是从屁眼里蹦出来的。”

“哦，不方便是吧。”她有点遗憾地卸下那个夸张的背囊，在里面掏出一个本本，又摸出一支黑色的签字笔。

选才叔很老练地问道：“开始吗？”

她愣了一下，“开始吧。”

他们一问一答时，我就走开了。

这个故事，我的耳朵已经听起茧了。关键是，他讲故事总是那么干巴巴的，硬邦邦的，一点不像花鼓剧团旁边说书的瞎子九爹，屁大点事都能说得平地起惊雷，嘴上还滋巴滋巴的。选才叔一点也不好耍。

就是隔了三条街我也知道他们怎么说。

女记者："您说一下，当年是怎么救您爱人的？"

选才叔总是这样，表情严肃，盯着天花板，想一想，再清咳两声，这才开始了："是这样，那天，我下了晚班……"

这故事对我毫无吸引力，我倒是对柳姨一家的挖宝传说十分着魔。

柳家以前是土财主，城关北面都是他家的（故事是这样说的）。被镇压后，他儿子，也就是柳眉她爹搬到这里，靠赶马车谋生。都以为柳家再也翻不起浪了，但隔了三十年，翻到八九十年代，他家又阔起来了。新盖了三间四层楼房，堂屋里还牵了一部电话，电话啊！

"赶马车可不可能赚这么些钱？"海棠很神秘地告诉我们，"我听说，柳老头是'马车队'的。"

"马车队"是一支在民间极为著名的夜行队，总是半夜出没，沿途洗劫财物，但从不劫色。至于为什么，人人都有一种说法，但谁也说不出一个所以然。就像夜行队本身，谁都听说过，但谁也没见过。

婆婆对此嗤之以鼻。她说柳家灵醒得很，在土改前就把地全卖光了，换成金银首饰，装进坛子埋起来了。“这不就起出来啦？”

于是，柳家才有钱盖这条街最高的楼，把大儿子送去北京读警校，小儿子送到汉口读财校，都靠那些坛子里的金子。家里就留了一个女儿，用来防老。

更气的是，婆婆说，土改时我家的老宅院也捐了，“有长途车站那么大”。但那么大块地才换了一块梅花牌怀表，“卖了五十块钱”，买了我们现在这个房子。

那段时间，我常随身带一把小铲子，沿着房基往下挖。但收效甚微，除了几块碎碗片和残破的土坛盖，什么都没刨到。这应当归咎于我死去的爷爷和他爸，他们总得埋点什么呀。

我嚼着冰棍儿回来，他们还在继续，堂屋里照常打着拥堂，好几杆大烟枪在那儿对着吹火。

“这些我都知道了。”女记者突然打断他，用手势比画着，“能讲讲你们夫妻之间的感情吗？”

“什么？”选才叔的样子很错愕。因为从没人直接问他这些。

“我的意思是，你爱她吗？”女记者很干脆。

“国际玩笑！”他脸膛涨得通红，“不……喜欢，能过到一块吗？”

选才叔是不可能讲出那个“爱”字的，我们这条街上没人用过这个词，不然被海棠晓得了，又该骂他“屁眼虫”了。

“那您可以告诉我，爱她什么呢？毕竟……”

又一句半截子话，我被吸引了。

“这个，这个，”他抠了抠脑壳，很费力地说，“家庭条件好，比我年轻很多，对我，也蛮好……”

女记者眉头皱了一下，显然对这个回答不算满意。

她手挥了一下，“那我是不是可以这样理解，她的人品好——您是爱她的内在，所以并不在乎她被毁的容貌？”

“哎！对，对！我就是这个意思。”选才叔马上起身找自己的水杯。

“嗯，”女记者在本上速写着，一边念出来，“所以，您八年如一日，照顾她，疼着她，牵挂着她……”

如果单看左脸，柳姨是漂亮的。右边那张脸，就像是冬天的皮冻，不小心被谁打翻了，红色和紫色如此不协调地搅拌在一起。她只有半边脸。

但那会儿她不是这样的。

十九岁那年，她的脸还是好好的，差点就结婚了。那个读过中专的男的对她没什么可挑，她也喜欢他。两人商量去汉口办嫁妆，男的临时有事先走，第二天她再赶过去，路上却遇到了车祸。她算命好的啦！只丢了半边脸。据说同排的那个妇女，脑浆子撞得流了一地。

那个男的起先还来医院陪护，后来就土遁了。有耳朵尖的街坊说，他跑沿海去了，跑得够远的。可怜的柳姨躺在床上，既不知未婚夫负心而逃，也不晓得半边脸不在了。

当然这是瞒不了的。所以，一个半夜，她跑去船闸——跳河了。

她没死成。因为下夜班的选才叔正好路过船闸，跟着跳进漆黑的河水，把昏厥在河底的她提了出来。

随后发生的事，也是被胜利二路的婆娘们津津乐道的细节——选才叔正给柳姨做人工呼吸，她醒了，第一件事就是抡起手臂，恨恨地扇了他一耳光。

三天后，这位二十九岁的县纺织厂临时工，带了一篓子水果，来探望被自己挽救的这个“年轻的生命”。他就是这样说的。

那是我第一次见他，他走路像只穿工作服的鸭子。

选才叔人矮，大概还不到一米六，但视觉上比实际情况还要矮。因为他是盘腿，一走，膝盖一弯，人又矮去三分。走快了，就像两个钢圈轮轴转。

不过，我觉得他的表情很有意思。

后来，很久后，我在书里看到一个词，“似笑非笑”——我立马就想到了他。

选才叔是哪里人，基本上没人搞得清楚。

他不是本地人，当然也不可能是城里人。对这类人，街坊常用称谓是“乡巴佬”。但大家显然对选才叔很客气，朝他竖起拇指，“啧啧，不得了，你救条命呢！”

他对柳姨有种异乎寻常的关心，而且他对这种缘分有一番独特的见解，他解释道：“我们之间有一种特殊的纽带。”

所以，这种特殊的感情，也并不是我们能够完全理解的。

不过，他入赘这事我多少知道点。跟我妈有关。事实上，好几次听到她关切地询问：“有朋友了没？”我就知道，这个喜欢走家串户的媒婆已将他列入了“花名单”。

有一晚，姨婆——也就是柳姨她妈——来串门，窸窸窣窣的，还是被我听见了。

姨婆唉声叹气地：“丢死个人哟。”

妈：“瞎说，丢什么了，命没丢就好。”

姨婆：“闹出这么大丑事，剩个半边脸，以后还怎么找人啰。”

妈低声问：“男方那边推干净了？”

姨婆抑制不住愤懑：“一干二净！吊门闩的！”

妈声音很低：“流啦？”

“流了，”姨婆声音更低，“孽障呀。”

“唉，唉，”妈重复了好几遍，“……活下来就好，告诉你，这是你们柳家祖上积了大阴德。”

姨婆正待起身，妈突然按住她，“那个选才——你觉得咋样？”

“人倒是好人，又救过小眉，”姨婆顿了一下，“就是，他的年纪是不是太大了些……”

“哧！什么情况啊，你还挑！”我妈很有把握，手指向天，“我觉得他俩有缘，它定的！”

“这，这情况，你说人家能答应嘛……”姨婆又犹豫起来。

“包我身上。”我妈起身送客，笃定地说，“我给你搞得漂漂亮亮的。”

第二天，妈把选才喊到家里来，笑眯眯问：“选才，快三十啦？”

“是啊。”

“怎么拖到这年纪？是没瞧得上的姑娘？还是……”

“我没病，”他很诚恳地说，“但我一个乡巴佬，没房，没钱，哪个姑娘看得上我？”

“痴子！”她扑哧笑了，“嫂子给你说一个，怎么样？”

“那好呀！”选才叔说话时，我瞧得清清楚楚，就是似笑非笑的。

这桩婚事悬念不大，跟柳姨关系也不大。要跟那个叫徐选才的外乡人结婚的，其实是她的老父老母、三姑六婆。这事经过她们几议，就定了。

其间，柳眉的三姑唱了几句反调：“按说不该说人坏话……但他毕竟是外乡人，搞不清底细，也穷……”

她没说完就被姨婆堵住了：“我们家不缺钱。”

“那是那是。”她一脸讪笑，不开腔了。

“我觉得这个不重要，重要的是看人品。”妈妈的发言富有深意，也可说一锤定音。

一直在八仙桌旁沉默的姨爹发话了：“就这么的吧，”他将手掌一挥，“驴日的，有人要就不错了！”

一个半月后，选才叔上门做了女婿，我们都去喝了喜酒。

我溜到婚房，墙上挂着一张在留真照相馆精心拍摄的合影：新郎新娘幸福地簇拥在一起，脸贴着脸，那半边脸被恰到好处地遮挡住了。如果只看照片，这个新郎是很让人妒忌的。

“这好的事怎么不被老子遇到！”海棠看了这张照片，失悔地跺着脚，“半边脸算什么，就当抱着钱睡嘛！”

“老鸹嫌猪黑，自己不觉得！”苟三挤对他，“柳眉嘛，起码还有半边好脸。”

不难理解，海棠可是满脸麻子。

胜利二路的穷鬼们就喜欢嚼舌头，他们嚼得越兴奋，越说明这件事情往往与他们无关。

不过，事实证明，大伙都错了。

选才叔还真不像他们说的那种“搞一票就闪”，他简直像生下来就是为了来柳家做女婿的，节俭，顾家，能挑大梁。

柳家出资给他赁了一间临街门面，做炒货，兼卖烟酒副食。比起隔壁几家杂货铺，他的服务态度简直好得一塌糊涂，进门就给你唱个喏，满脸堆着殷勤，进货也勤，他的生意很快就好了起来。

唯一让人不快的就是，他实在太抠了，锱毫必争，理由还多。为这个他结了不少怨气，海棠就是这样被他得罪的，再也不去他店里。“一分钱零头都舍不下来，狗日的，这人啊，真是越有越奸！”

每天一早，选才叔洗漱完毕，就去给柳姨端早点，再出门开铺。

到了黄昏，打烊回家，一刻也不闲，做饭洗衣，女人的家务他干完了，男人的坏习惯一概没有。不抽烟，不喝酒，不打牌，更不打女人——仅这点，在胜利二路就很值得敬仰。这里的男人，喝酒凶，打牌凶，打女人更凶。他还是街上最先买彩色电视的人，15英寸的，莺歌牌，专门给她解闷用的。所以，他家并不冷清，一到擦黑，整条街上的老人和伢子都往里钻。

柳家上下对选才叔极满意。

除了柳姨。这是我妈说的，她人没死成，心却死了。听起来蛮绕口。“她心里装着一大堆石头子儿。”听上去，选才叔的任务就是，要拣出那些我根本瞧不见一丝形状的石子儿。

也不晓得他用了啥法子，终于把那些“石子儿”全拣光了。

因为柳姨也开始有说有笑，成天招角儿抹麻将。黄昏时，两人出门，手款手，很恩爱的样子。

“哇，”整条街的婆娘都嫉妒得不得了，戳着自己男人说，“你看看，看人家选才！”

其实，选才叔一开始并不顺利。

刚结婚那段，柳姨不怎么搭理他，也不出屋。他把我叫到铺子里，问柳姨最喜欢什么。

我想了想，糊弄说："她最喜欢看书了。"

于是他让我领着，去城关电影院旁边的小巷子租书。我帮他选了一大堆，都是武侠书。

但是，下一次他再去租书就不喊我了，有时看见他抱着书回家，我撵着问："借的什么书呀？"他把肩头一侧，抱紧书，"不是你看的那种。"

我觉得他在骗我。

那天晚上，姨婆来串门。稍后，妈带着某种兴奋公布了一个信息，"晓得不，选才一直在打地铺。柳眉不让他上床。"她偏着头，很困惑，"这死女子是怎么想的呢？"

第二天，姨婆给我一个任务，让我去陪柳姨。在我口袋里塞满果脯、花生和酸梅子。我小心翼翼，生怕掉了任何一颗。

她在床上用扑克算命。

我记得自己的任务，没话找话："你的命怎么样？"

"唉，姨的命，不好。"她说，"是姨婆喊你来跟我玩呀？"

"嗯，"我点头，四处打望，"你这里有什么好玩的？"

其实我们能玩的游戏不多，下军旗，下跳棋，再就是用扑克在床上拖板车。

任何一样游戏，她都玩不到十分钟，玩着玩着就泄气了。"哎呀，你自己玩，我看书。"然后抓本书，仰面躺在床上。她看书最专心了。

我一边嚼着果脯，一边瞧书名，《窗外》。

“这书有什么味？”我说，“我介绍你看《射雕英雄传》！”

“看过了。”她懒懒的。

“那你可以接着看《神雕侠侣》呀！”我恨不得立刻知道杨过被送到全真观后发生了什么。

“哎呀，你烦不烦。”她的眼睛粘在书页上，“我就喜欢看这个。”

“《窗外》？”我忍不住再次打量书封，“讲什么嘛。”

“爱情呀！”她沉浸在故事里。

“哦，爱情啊！”

我夸张地叹了口气。其实我对这东西一点兴趣都没有。

幸福转瞬即逝，姨婆召唤我去房里陪她的次数越来越少，我故意在门口走来走去，姨婆也不主动叫我。我很失落。

我知道，现在有人替代我陪着她玩了，这个人比我更能干，更会哄人。

比我更失望、更愤懑的，是街上的其他男人，动不动就皱起眉头说：“看那副哈巴狗样儿哟。”

他们指的是选才叔不该给柳姨洗脚。

每个黄昏，选才叔把洗脚盆搬到门口，让柳姨坐在藤椅上，伸出两条腿，下面是桐油脚盆，里面散发着浓郁的艾草香味。他坐小方凳，身着围裙，把两只脚掌搁在膝盖上，一个脚丫一个脚丫地揉搓。

我问选才叔："你为什么要给柳姨洗脚呀？"

他喜气洋洋，"因为给你姨洗脚，叔心里很舒服呀。"

但别人就不这样看了。

"啧啧！这条街上几百年还没出这么一个人物。"每个男人走过去，总忍不住愤愤地嘀咕，"你为什么不搬到电影院门口洗脚呀，那里宽敞。"

选才叔去端卤面，海棠也翻个白眼，"帮别人家打长工，还多有滋有味的。"

选才叔挑起面条，呼噜呼噜地吸，用浓重的外地口音说："有没得味你不晓得，只有我晓得。"

事实上，什么议论都不会改变这个事实：无论从哪个角度，他们都是胜利二路最模范的夫妻。

当然，如果不是再次救人，选才叔的"感人事迹"也不会超出这条街的范畴。

上个月，选才叔在船闸又救了一个溺水者，是个九岁的男伢——他妈在广播电视报的食堂做工，登门致谢时，还带来一个记者。记者很有心,看看柳姨,又看看选才叔,一阵刨根问底,发现八年前他还救过一个寻短见的女人，现在成了他的婆娘。而且每天给这个只剩半边脸的女人端早饭，梳头洗脚。记者啪啪拍了几张照片，第二天，我们都看到报纸了:《有义：八年前勇救溺水女;有情:与疤面妻相守不离不弃》。

这条街顿时热闹起来了。先是县里的报社，接着电视台来了。后来是省里的、外省的记者。政府还派了个干事专门搞接待——就是那个胖乎乎的只晓得大喘气的“大锛头”。

可怜的柳姨，躲了几个小时，还是被女记者堵到了。

自从在报纸上亮相后，她看见记者就犯晕。但她没躲得过这个女记者，当然，这记者也没提出要采访她，也不拍照，只是亲热地拉着柳姨说家常。没多久，她就把柳姨感染了，还拿出相册给她看。女记者轻轻翻着，一边赞叹:“真美啊……那时,”然后突然抬眼盯着柳姨，“姐，我看看，看看。”

柳姨疑惑地看着她。

“凹凸并不突出，光洁度还行，就是创面稍大……”女记者猛拍大腿，“姐，你这脸应该是可以修复啊！”

柳姨的瞳仁都烧红了。

“你可以植皮呀！”女记者提到一个我们都未听过的词。

她问："知道我刚采访的一个人是谁？"

那鬼晓得呀，我也跟着摇头。

"哎呀，就是省里的整容大师李玉连呀，刚从加拿大归国的。你放心，我帮你联系，我负责——你这张脸，跟以前你没出事前——一模一样地还给你。"她又环顾四周，"看你家也不像缺钱的。"

柳姨瑟瑟的，像在发抖，"有，有钱。"

这消息马上就传遍了整条街道。婆婆在门口激动地比画着，"我说么事，我说么事！我就说那灰喜鹊喳喳得心里直犯甜。我没说错吧！"

可我记得，她明明说的是灰喜鹊叫得她心里犯昏啊！

女记者走了，选才叔两口子却吵架了。这在胜利二路是桩大事件。

晚上，妈劝架回来，说："选才不是太赞成让柳眉去手术。"

"噢？"婆婆霍地从被窝直起腰杆。

"他又不说个什么。人本来就这样了，还能整得更丑不成？"妈妈补充说，"媳妇整好看不是更好吗？这选才怎么想的，脑壳有包？

婆婆蜷回被窝，"有包哟！"

柳姨又有了一样新的爱好，她托人买了一对鸟——不是土了吧唧的灰喜鹊，而是一对花花绿绿神气活现的八哥——挂在天井的廊檐下。

选才叔蹲在井边，连笼子都不瞟一眼。

连着几天，整条街上的人都觉得有点不大对劲，我也一样。

后来我知道这是为什么了——选才叔几天都没在门口洗脚了。没有那股艾草味道，街上的人好像都有点不适应了。

不过么，柳姨变精神多了，就像她养的那两只八哥，逢人就要唧唧喳喳，好像有什么非说不可又绝对说不完的事儿。

大伙互相传："柳眉要去整脸了。"

婆婆拉着海棠问："不要先锉平吧？"

"您说的是抛光哟。"他说，"这是安一张新脸——啪，贴上去。"

"哎哟，我的个姆妈！"她老大一个惊啧。

但是柳姨没走成。在长途车站，她被选才叔扭回来了。

这晚，胜利二路始终蒙着一层薄薄的阴影，像雾一样。

第二天，柳家的家庭会议再次召开。对是否让柳眉去整脸，老父母、三姑六婆们一致站在她那边。选才叔反抗的姿势很有些孤单。吵来吵去，老头儿突然咳喘着，"不说了，钱能解决的问题，就不是问题。"一锤定音。

柳姨去了汉口后，选才叔总是恹恹地坐在店铺里。我发现他脸上那种似笑非笑的表情好像消失了。

有一次我路过他的店子，好奇地问："你为什么不愿柳姨去补脸呀？"

他挥起手里的苍蝇拍，咆哮道："滚，小鸡巴玩意儿！"

手术的过程实在太漫长了。我们从不知道，原来手术需要做这么久——柳姨在省城待了两个多月，前前后后做了四次手术。就连县上专门召开的表彰大会她都没能到场。选才叔一个人去了，领回一个牌子，上面写着四个字："模范夫妻。"

姨婆在堂屋指了一个位置，那是"天地君亲师"牌位的上方。选才叔搭了个梯子，一声不吭地挂上去，又一声不吭爬下来，回房去了。

柳姨走后，他变得懒多了，失魂落魄的。娘们儿都说，这是在担心柳姨的手术呢。

等到柳姨回到胜利二路，街坊们的眼珠子都不大会转了。

"咿呀！"婆娘们抢着上去，瞪着眼仔细搜寻，"高级呀，真的，怎么连线都看不到？"

"还是有钱好！猪八戒脸上都能给你雕出个西施。"海棠愤愤然，"狗日的选才，这么大个便宜，怎么就叫他赶上了？"

苟三安慰他:“上面整了,下面还不那样,原封不动。”

“蠢货!你晓得什么,”海棠嚷道,“豌豆炒豌豆跟豌豆炒肉丝,能一样呀?”

这味儿有什么不同我不知道,但柳姨确实变啦,变得欢喜,也变得忙碌了。听说她最近迷上跳舞,天天都往舞厅跑。每天黄昏出门时,急得像是去找什么掉了的东西。

选才叔还是那样。清早他去端早点,总有人指指点点:“不要太过度哟,多吃点腰花哟!”

人人都笑眯眯的,脸上写满了妒忌。

然而,这时选才叔却做了一件谁也想不到的事,他净身出户了。

这种结局连我妈都觉得不可思议。当有人说选才是为了柳家的家业入赘时,她为这种阴谋论而据理力争,其实心里也打鼓。当选才叔提出离婚,她更不理解,“蠢材!最起码也要到那间门店呀。”但老实说,连根针他都没要。

选才叔搬走后,卫生院的杜鹃说选才是“不中用”才离婚的。她说自从柳眉整脸回来,选才就成了耙货——硬不起来了。也开了方子,熬过中药,吃了羊肾牛鞭,就是不行。

来收渣滓的张婆子侧面证实了这种说法,她绘声绘色说亲眼见过柳家倒出来的药渣。大家一阵唏嘘。

离婚后，柳姨去了外地，先是省城，不久又去了广州。

“还是不死心啊！”海棠提到“广州”时有点意味深长，大家都知道，抛弃她的那个男人就在广州。

再后来大家都这样说，柳姨不晓得上了什么邪火，又跟那个死男人搞到一起了，搞到一起也没什么，但不该被他的婆娘抓到现行，唉哟，恼火，被人捶得鬼哭狼嚎……

“胜利二路的脸都被她批发完了。”海棠总结。

柳姨不久就回来了。

没人知道那些流言是真是假，因为她整天躲在房里。

奇怪的事发生了，大半夜的，我们都能听到她的哭声，鬼嚎一样，嗥得人心里发毛。

谁也不晓得是怎么回事。

过了几天，我妈公布说：“她的脸又破了。”

“不是补好了吗？”

“哎哟，又发作了。脸发痒，溃烂，流脓，比没整更恼火！”

那位整容大师找不着了，留下一堆在医院门口打着横幅的患者。柳家人领着柳姨去协和医院。大夫说，这个脸，是填充物质变，加上植皮时未做好真空处理，被病菌感染引发炎症，继而引起并发症。也没更好的办法，只能控制，现在的情况是，能控制就算不错了。

也就是说，柳姨的半边脸又坏掉了，还没法整——至少短时期是不可能的。

“怎么办呀？”姨婆一脸哀愁，征询我妈的意见。

“怎么办？解铃还需系铃的人——就是，”妈既得意，又为难，“不晓得人家干不干呀。”

总归，我妈还是跟姨婆一块儿去了，想把选才叔弄回来。

他又回棉纺厂做临时工去了，在城郊租了间小屋。我们都觉得选才会跟着一起回来，正如海棠分析的那样：“走的时候离婚证都没办，他不就只为等个台阶嘛。”

但听说，选才叔将她们迎进去，又将她们送出来，客客气气的，就是闭口不谈“回家”的建议。

大家纷纷摸着脑壳，“狗日的选才，搞不懂。”

妈安慰道：“三顾茅庐，这才走了两遭。”姨婆这脸有点下不来了：“就这一遭，没得下回。回不回来随他。”

话虽如此，姨婆还是腆着脸皮又走了一趟。这一趟，她们有了新发现，选才叔那小屋里多了个女人。姨婆回来就上火了，躺在床上，腮帮子肿得老高，哎哟哎哟地叫唤。

“你晓得那女人是谁？”我妈不厌其烦地告诉街坊，“你们都见过的！还记得选才救起的那个伢儿吗？对，就是那伢的妈，原来是寡妇，比他小三岁，还是正式职工，你说邪不邪，硬是把他看起了！”

海棠问：“选才不是不中用吗？他就是因为这才离婚的呀？”

我妈只给了一个字：

“屁！”

没几天，柳姨从房间出来了。虽然有些爱嚼舌头的女人说那张脸“更烂了”，事实上，对于我们大多数人来说，那些差别显然并不真正存在。

她现在每天出门，只有一件事儿，就是去找选才叔。事实上，在很长时间，这也是她唯一的事儿。

再后来她的嘴边多了一个名字，那个“不要脸的寡妇”，她扬言要“把她搞臭”。

柳姨显然尝试了各种办法，去选才叔单位找他们领导，在车间堵他，或者坐在他的小屋赖着不走。但无论她是哀求、啜泣，还是咒骂或是撒泼，选才叔始终没有回来。

这天，我看见柳姨出门特别慌张，跨在自行车上，像只发怒的怪鸟。

我问边上的海棠麻子："选才叔还能回来吗？"

"不会！"海棠目送着柳姨倔强的背影，回答得斩钉截铁，"他再也不会回来了。我听说那个寡妇已经怀上他的种了。"

"狗日的选才，是个人物。"他又说。

这在我们街上算是很高的评价了。

海棠回家了，我百无聊赖，拐进鬼巷，到露天厕所拉屎。提着裤儿出来时，我在垃圾旮旯发现了一捆旧报纸，用脚尖捅了捅，报纸像麦苗那样倾开，印刷字里赫然露出两张脸皮——原来是选材叔跟柳姨的结婚照，脸跟纸一个色。在报纸边上，还有一块掉出来的牌匾，几个烫金字翻转过来：模范夫妻。

我失望地飞起一脚，那个牌匾越过厕所，掉向围墙背后的粪坑。

"嗵"的一声，天黑下来了。

他没有自己的名字

在我可怜的记忆里，仅见过他三次。但就那么三次，已经让他永久地留在我脑子里，像一个固执又沉重的雕像，谁也不能把它从我脑子里挪走。当然，“见面”也许还有更多，比如在我很小的时候，只不过那种记忆跟我无关，它实在是太稀薄了。我只记得我见过他三次。

那是一个安谧的下午，整条街都在昏睡，我蜷在门口的桃花太阳里打盹。不过这种宁静突然被打乱了，就像一个静止的锣不晓得被谁敲了一下，呜呜地传递破碎的回声。更多打盹的老人和织毛衣的妇女，以及无所事事的闲汉，迅速从慵懒的梦魇里逃离，倾出大半个身子，远眺前方——这阵骚动是从远处的街口传来的。

仅仅只有几秒钟，人们就意识到，是他回来了！这条凝固的街道似乎也开始被某种东西柔软，溶化，变得热情荡漾起来，一些人讷讷自语：“是他，真是。狗日的，只怕四五年没落屋了！”

我一眼认出了他，长得跟费翔一模一样，高高的个儿，浓密的黑色鬈发，明亮的眼神，坚硬的棱角以及青色下巴。再没有比他更帅气的青年了，整个城关最漂亮的男孩加起来也赶不上他的一半。也只有他，人不在这里，但街上总有关于他的故事。

他拖一个黑色的行李箱，居然有两个轮子，简直太奇怪了。我从来没见过这种箱子，能滑动的箱子！

人们纷纷站起身，候在门口，好等着他走近时冲他打个招呼。

一些女伢灵敏地嗅到了味道，从屋里跑出来，半张着嘴远远打量。无论对谁，他都微笑回礼，简短问候几句，天哪——不是我们街上那种土话，是收音机上面说的那种普通话！像做梦一样！

不一会儿，我对滑动箱子的兴趣转移到他的裤子上。那是什么奇怪的裤子呀，我相信这条街上没人能说得出它的款式，就连神通广大的海棠麻子也不能：瘦削笔挺的裤腿，粗粝的蓝布，膝盖那里都洗得发白了。很旧，但旧得好看极了，好看得让我头皮发麻。要知道，还要再过个五六年我才知道它是什么。

他拖着箱子走过来，街坊连连招手，争抢着寒暄。

我有些慌张，我在犹豫该不该也跟他打个招呼。但走到跟前他“呀”了一声，带着一点讶异和一点戏谑，“小家伙，一晃你就长这么大啦？”我面红耳赤，脑子嗡嗡响，正想怎么回答这个问题，他已经带着微笑走过去了。

足足过了五分钟，我才能自如地说话。我差点变成一个结巴！

说真的，我不知道他的名字，以前不知道，以后——哪怕几十年后——也不知道。在这条街上，人人都叫他“刘黑皮的儿子”。事实上，我想也只有那六个字才配得上他。

从来都是这样，就我所知，我们胜利二路的人自报家门时总喜欢这么说：“我就住在刘黑皮那条街上。”也有人说：“刘黑皮跟我是门对门。”这在语气上更结实。

“要是没刘黑皮，这条街都要短这么一截。”海棠麻子拿出手掌比画着说。

“为什么？”我问。

“这个，”他摊开手，“你就得去翻翻新华字典了。”

十足的废话，他还觉得多俏皮。

不过“刘黑皮”这个名字在这条街上简直太有名了。不光是我，这条街上的孩子都是含着这个名字长大的。半夜三更，谁家伢儿一哭，老人准保要这样警告："再嚎？再嚎刘黑皮就来了噢！刘黑皮要吃伢儿的噢！"

所以我们都有点畏惧刘黑皮，这是可以理解的，这种教育从我们还未产生意识时就开始了。

当然，等我们稍微大点，不难发现其实这只是个没有什么恶意的小把戏。

我慢慢发现，刘黑皮并没有吃伢的嗜好。相反，他比街上许多男人更喜欢逗伢儿，更喜欢亲近孩子。只是老人喜欢用他的名字来吓唬我们，于是他也常常伴随着谣曲儿一同出现在我们的噩梦里。

我想，大人们之所以用"刘黑皮"来吓唬我们，大概是因为他的相貌确实有点儿凶煞。

他很黑，不光脸膛黑乎乎，皮肤也是黑乎乎的，海棠麻子说他"黑得有卖的"。不过，海棠也说："你说他黑，他黑得有颜色；你说他不好看，那是你没看习惯。"海棠还这样形容过自己："你说老子长得丑，你还看得不想走。"他最喜欢搞这种语言的调戏。

刘黑皮当然是个胖子，有钱人一般都很胖。但他跟其他胖子的区别在于——肚皮。矮墩墩的个儿，那个肚皮几乎要占了四分之三。虽然我们也没去拿皮尺量过。

最使我害怕的是刘黑皮的眼睛。

他的两只瞳子极不配套：一只是灰黑色，另一只却带着一种幽蓝的色彩。而这两只颜色不一的眼珠就搁在那样宽阔的一个酒糟鼻上头。

刘黑皮看上去很凶，他要是演戏，看样子只能一直演坏蛋了。实际上，他是这条街上最和善的人。这是公认的，街上再没有谁能比他的礼数更多。

每到过年，我们这些街坊准会收到他送来的礼品。不是初一就是初二，刘黑皮就会领着全家人，挨家挨户给街坊拜年，提着满满一网袋稀奇古怪的玩意儿，有纸烟，好看的花纸包扎的糖果、果脯、巧克力豆，还有苏打饼干，远比送春联的居委会方主任客气多了。方主任送一样东西，像是割她的五花肉一样，免不了要捎带将你教育一番。刘黑皮不同，到每家跟前，都是双手合十，笑眯眯的，也从不进屋——哪怕遇见像我这般大的伢儿，他也要敬一支烟。这时他总恭恭敬敬的，于是我们也变得恭恭敬敬的，好像被传染了一样。

当然，等刘黑皮前脚一走，妈妈后脚就收起笑脸，恶狠狠地把烟从我嘴角抢下来，转身拿去给老爹。隔很远我听见老爹啧啧赞叹：“嗯，好烟呀。”

老爹平常很少抽烟。我想，这烟之所以香，因为是刘黑皮敬的。

刘黑皮是华侨。

咱们这条街上有四五个华侨，但海棠麻子说，把其他几个叠起来，“也抵不过刘黑皮的一条腿”。

华侨跟华侨是不一样的。

苟三他爸——谢大脚，也是华侨，越南出生的。苟三他爷爷那辈就在越南挑蚜虫了。现在，谢大脚跟街上任何一个工人没什么区别，一身洗白的工装，一张正方形的黑脸，一辆擦了又擦的金凤牌二八载重自行车，跟我们家一模一样的瓦房，一样的灶膛，一样的牙刷。唯一的区别恐怕就是，他偶尔能收到一封遥远的信函——这时，苟三总要冒着被老子爆捶的风险，偷偷把信封用清水浸泡了，小心翼翼地揭下邮票，揣到四处去显摆。当然，外国来的信几年也就这么一两封，所以他也就是个“土华侨”的崽子。

刘黑皮就不一样了。

很多人宁可多走半小时路，绕到胜利二路来，就是为了要瞧瞧刘黑皮住的房子，看看这栋城关最洋气的“洋房”是什么形状。

说起来，这栋楼用的木料比砖头和水泥多得多。三层，用粗大的圆木搭建，每一层构造都不同，底楼客厅镶嵌着一个直抵天花板的壁炉，软皮沙发在客厅中央码成一圈，脚下是绘着复杂图案的深色地毯。他家，每层都有一个宽阔的露台，雕花的栏杆和窗棂，楼下是郁郁苍苍的庭院，外面围了一圈栏杆，是用铸铁镂空的。这条街上，其他每家的花草都是相似的，鸡冠花、菊花、仙人掌，还有太阳花什么的。只有他家的花草显得那么不一般，花圃里的花我几乎一样都认不出来。

有一次，海棠指着他家院子说："你看黑皮家，怎么还养草哇？"

苟三嘀咕说："懂都不懂，那是兰草。"

恼羞成怒的海棠狠狠赏了他一个栗枣。

"兰草就不是草？！"

很多次我推开后门，总能发现刘黑皮翘起赤脚，靠在凉台的摇椅上，左手夹着一尊高脚杯，五光流溢的葡萄酒似乎要从玻璃里游离出来。这时他的眼神要温柔很多，因为院子里跳绳的那个丫头是他最心爱的小女儿——刘雅兰。

不得不说，刘雅兰是我最喜欢的那种女孩。我说不出喜欢她什么，但只要看到她，我的心就像被什么拨动了一下，空空荡荡的。她只比我大两岁。

很多次，我倚在被炉火燎得黢黑的门框，呆呆地偷看她在院子里练舞，拉手风琴，吹口琴，她全身都洋溢着看不见摸不着，不知在哪儿但又显然存在的艺术细胞，对，我喜欢她穿那身白色的连衣短裙，尤其是她旋转的那刻，哎，我也跟着飞起来了。

我习惯了这样，远远地偷瞄她的一举一动。真正跟她说话好像没几次。每次她同我打招呼，我马上就口吃起来。这一家人似乎都拥有让我瞬间变成结巴的奇妙能力。

刘黑皮的儿子回来了，在胜利二路算一桩大事。一整日，他屋里都是人进人出，热热闹闹，直到夜半还是华灯亮彻，笑声不断。

话说回来，只要刘黑皮在，他们家总不缺少喧哗。像刘黑皮那么慷慨的人不多。只要他回家，基本上就只有这两样事：不是请客吃饭，就是请客喝酒。冬天，一群人围坐在壁炉前大圆桌边，夏天就在院子里聚餐。搞不清楚刘黑皮为什么会有那么多朋友。总之，我们都习惯了黄昏时从院子传来的喧哗和酒令，这让我觉得我们是在完全不同的两个世界。

我也是后来才知道，神秘的刘黑皮也不那么神秘，据说他在城关电影院上班。我完全不理解，他还需要上班吗？再说，这条街上所有男人都在上班，为什么只有他那么有钱，还有那么多朋友？

我把这个疑惑抛给海棠麻子：

“刘黑皮到底在电影院是干吗的？”

海棠居然说：“他什么都不干。”

可究竟为什么会这样，海棠也支支吾吾说不上来。

我很快就忘记了这个困惑，我的疑问总是很多，也不是每一个都能得到答案。所以我忘得也快。

刘黑皮手上总是有电影票，时不时他会拿几张电影票送给街坊。他越来越胖，皱皱的脸颊和下巴使他看起来更凶，但为人简直没得说，并且总这么大方。

对家里人，刘黑皮就没这么好脾气了。对自己婆娘总是吵吵嚷嚷的，对身材长相酷肖自己的大女儿春霞也是吵吵嚷嚷，跟儿子吵得更厉害——我婆婆说，这爷儿俩“命里相冲”。

婆婆还真没说错。儿子回来头两天，两爷子跟亲兄弟一样，勾肩搭背，嘻嘻哈哈，哎呀那个亲热！跟着就变天了，也不知跟儿子吵什么，反正刘黑皮的粗嗓门又在胜利二路上空炸开了。

我妈躲在厨屋聚耳侧听。“看嘛！又闹起来了。”她叹息道，“真不晓得吵什么吵，这么好的日子，我们八辈子都享不到。”

我问他们吵什么，她抹下脸，“关你屁事！”

我其实并不关心刘黑皮为什么跟儿子吼，我只是不想看到刘雅兰突然变得忧伤，这样一来，我的心空得更厉害了。就像我一直渴望她注意到我，又害怕她真的注意到我。人的心真是太复杂了。

对于刘黑皮跟儿子的事，苟三的解释是："刘黑皮不想让儿子出国。"

"出国？"我吓了一跳，我脑子里从未装过这个词。

我转回去问妈妈：

"'刘黑皮的儿子'为什么要出国？"

她站在灶膛前，讶异地侧身看了我一眼，叹了口气，以她常用的那种听起来有点悲伤的语气说："妈哟，你说这命是不是个稀奇东西，人比人，怄死人，我连县城都没出过一回。"

我急忙追问："刘雅兰也要出国吗？"

她瞄了我一秒钟，"你以为这么容易，又不是去南湖市场买豆腐！"

谢天谢地！我长吁了一口气。

在家待了半个月后，"刘黑皮的儿子"走了，准确地说，他是被刘黑皮拿着一个长颈青花瓷瓶撵走的。据说这是父子冲突最剧烈的一次。

那天下午，刘黑皮那栋楼都在吵闹中膨胀，摇晃。好多街坊都支着耳朵围拢在一起，面带难色，不知该不该冲进去劝阻一下。

就在大伙儿窃窃私语时，哐当，门被掀开了，“刘黑皮的儿子”冲了出来，紧跟着刘黑皮也赶出来，脸色惨白，这家的主妇金枝撵在刘黑皮屁股后头，拽着衣摆。

“不晓得好歹的东西！”刘黑皮吼着，“你脑壳是犟筋了还是灌水了。”刘黑皮一口气上不来，嗓子眼被痰堵住了，痛苦地俯下腰。金枝赶忙给他捶着背。大伙儿面面相觑，还是谢大脚聪明，一步跨上去把两爷子分开，扶着刘黑皮，“黑皮啊，先进去喝口水。”他说，“有什么慢慢说嘛。两爷子，什么话说不通的？”

“我说不通！”刘黑皮看起来很痛苦，眼神涣散，“浑球儿！”他突然就看到旁边的女人，怒不可遏，“都是你！不操使点好的，光给儿子灌迷汤了。”说着就想拿巴掌劈过去。

“诶诶……”大伙儿一拥而上，强行把刘黑皮搀裹着进了客厅。

这天黄昏，一个秀气的女孩开着车，一直开到他家门口，将他和他那个漂亮的滑动箱载走。

我长这么大，这还是第一次见到一辆车开进了胜利二路，见到了一位女司机，而且是那么锃亮的黑色小轿车。

整条街上的人都出来瞧热闹了，我想准是为了那辆车。

只有那么漂亮的车才配得上他，就像只有他，才能配得上“刘黑皮的儿子”这个名字。

事实上，“刘黑皮的儿子”就是驾驶员，他在省城开车。

我见过一回他的车，一辆双排座，这在胜利二路也是蛮稀罕的。婆婆上去摸了几把，笑得眉眼都打不开了。

回家后，她还在回味那钢铁的冰冷：“我的孙哎，你将来也要开车，开最大的车。”她颤颤巍巍地比画，“比刘黑皮儿子开的这个还要大，还长！”

刘黑皮的儿子再次出现在胜利二路，是一年后。刘黑皮死了，说是心脏病猝死。

关于他的死，街坊们说得最多的是“够了，够了”。也不知是说他活够了，还是享够了，总之是“够了”。他活了五十二岁，留下一个比他年轻十岁的遗孀、一个儿子和两个女儿。当然，这栋在县城最知名的、最气派的、独一无二的洋楼，他也慷慨地留下了。

他的葬礼让我印象深刻，至少在胜利二路，迄今无人能及。朱红色的八仙桌摆了五六十桌，几乎把一条漫长的街道占完了，来吃席的人像河流一样，喜气洋洋地扑来，黑压压地坐在街道上，都昂着脖子——等着红案师傅舀出即将上来的第一道菜，油光水滑的全家福。

这场葬礼还来了一些贵宾，其中一个戴黑框眼镜的先生在灵堂前发表了一篇悼词，我们这才搞清楚刘黑皮的底细。

他说道："……尊敬的刘永华先生，一九三九年出生于葡萄牙，原名罗德里格斯·席尔瓦，出于对中国和中国共产党的热爱，不远万里来到中国，在我县生根发芽，指导电影放映工作十余年，给我们留下了无比珍贵的精神遗产……"

妈呀！原来刘黑皮压根就不是中国人，难怪他长得跟我们胜利二路的人都不一样，说话也是怪腔怪调的。

一整夜我都睡不安稳。

我不停问婆婆："刘黑皮真是外国人吗？"

她翻了个身，终于肯搭理我了："他不是外国人，难道你是？"然后她用那种神秘的语气说，"说黑皮是个杂种，他老头儿是中国人，姆妈是葡萄牙人。"

"杂种是什么？"

"杂种就是杂种！"她不耐烦地翻了过去。

但我实在是有太多疑问："刘黑皮是外国人！他为什么要来中国呢？又是怎么跑到我们这里来的呢？"

我推搡着婆婆，她已经睡着了，鼾声从枕头上飘了出来。

刘黑皮死了，金枝成了街坊议论的焦点。我不喜欢嚼舌头的人，虽然我更不喜欢她。

我不喜欢她的理由简直太多了，她太装腔作势，太爱涂脂抹粉，太喜欢招摇，她高贵的眼睛里盛满了轻视。关于这一点，瞎子九爹都看出来了。

还有一样，我最受不了的是她的香气。她擦身走过时，我总要忍不住打几个喷嚏。

这条街上关于她的龙门阵很多，当然我能听到的不多，因为这都是妇女们的耍事。不过海棠是这样总结的：“上千种说法，其实都只一种，就是有野男人。”

刘黑皮这一死，闲话就更多了。药铺的毛仙人还有一种说法：“黑皮的阳寿不止这点儿，但她道行太深，把黑皮的阳气吸尽了。”

毛仙人的话总是不好懂，在我听起来就像是讲一个科幻电影，是另一部《从大西洋底来的人》。不管怎么说，金枝确有一些手段。

刘黑皮死了，金枝哭得眼泡都肿了，嗓子都哑了，她趴在那里恸哭的样子就像街道隔壁唱花鼓戏，好听。这符合她的身份，她以前就是花鼓剧团的。据说她曾经是很有名的戏剧演员。但我觉得，真正伤心的只有两个人，一个是刘黑皮的儿子，虽然他没哭一声；一个是刘雅兰，她哭了，但哭得没有一丝声音。

就是这次，我突然觉得刘黑皮的儿子开始像他的父亲了，尽管他们一个高大帅气，一个矮胖圆滚，但他穿梭在酒席之间的样子太像刘黑皮了，一样的热情洋溢，一样的礼貌客气，一样的体体面面，一样的大大方方，频频朝客人递去酒杯："您吃好，喝好！"

只是我很难受，因为刘雅兰忽然变成了另一个人：她不再那么爱笑，也不怎么跟人搭话，不爱跳绳，甚至也不唱歌儿了。她一放学就钻进楼里，就像钻进一个我瞧不见的空白里去了。

办完丧事后，"刘黑皮的儿子"又走了。

表面上，这栋漂亮的小楼虽然只少了刘黑皮一个人，但事实是，没有了刘黑皮，我们这条街上都安静起来了，再也没有以往那种车水马龙的热闹劲啦。

只是大家仍在关心"刘黑皮的儿子"，因为"出国"这种事，在咱们街上还从没发生过。这条街上像我妈那样连县城都没出过的人太多了。我也是。

有一次，金枝跟街上的妇女们谈起了这件事，嘴一撇："要不是死鬼一直拦着，儿子早到美国了。”

我妈问：“怎么不回葡萄牙国啊？”

金枝很不屑的样子，“我儿子要去就去美国。”

大家私下说，刘黑皮其实在葡萄牙没什么亲戚，说他就是在那边混不下去了才想到要来中国的。

我妈却认为这全是妒忌。“旁人再么样嚼舌头都是没用的，黑皮的儿子迟早是要到资本主义国家去享福的。”在她心里，资本主义国家到处都是金晃晃的，海水都是甜的，因为他们卖不掉的牛奶全倒进了大海。

但即便是“刘黑皮的儿子”，也不是那么轻易就走得了的。

有一次，金枝跟我妈、响枝几个婆娘闲扯。“儿子要走了，”她压低声，“这回是真定了。”她摸了摸自己的颈子和手腕，“我那两根最值钱的链子，都除脱了。”

她们的眼睛马上游移到金枝的胸脯。

金枝很肉痛的样子，“今年十一之前绝对走，小砍脑壳的，真是磨人！”

“只要走成了，儿子还给你十条还有多的。”我妈说。

“那是。”金枝脸上又恢复了那种倨傲。

然而春节都过了好几天，他还是没能走成。金枝再也没提这事儿，她的脸色越来越难看。

有一次我听到她偷偷告诉我妈："屋都快甩空了。"但她儿子依旧没走成。

最后一次见到刘黑皮的儿子时，他带来一个女孩，不是那天来接他回省城的女司机，是另一个，也是高高瘦瘦、漂漂亮亮的，她一句话不说，不跟任何一个街坊打招呼。但我们知道她绝不会是哑巴，她只是很高傲。

刘黑皮的儿子是带她回来结婚的，领了证，但不准备办酒席。这在胜利二路几乎也是头一桩。

"嘘！办的是假的。说是给了两根金条，这女的带他出去。一到就离婚。"妈悄悄告诉婆婆。

"啊！"婆婆愕然，"为么样不真嫁呀！该有几多女人想都想不到他哟！"

"啧啧，就是稀奇！"妈妈说。

一个礼拜后，刘黑皮的儿子出国了，这回是真的了。但他去的不是美国，甚至不是葡萄牙，而是澳门。

"啊，澳门不是我们的吗？"我妈妈愣得牙口都合不上。

响枝轻蔑地提醒说："什么你们我们的，人家是葡萄牙的！"

妈妈的嘴慢慢拢成一个圆，就像被挠了胳肢窝，突然爆出一阵狂笑，"哎哟，还真是啊。"

刘黑皮的儿子再没回来过。

他走后第四年，做了一样谁也没想到的事，把金枝从那栋洋楼里赶了出来，给她租了个房。作为条件，他每年寄——可能是相当程度的——生活费，足够她享用不愁。

关于这件事，街上吵得乌喧喧的，但我毫不关心。我甚至再也懒得倚在后门偷窥那个院子了。这对我来说是一件极其忧伤的回忆，因为这之前一年，他把刘雅兰也接过去了。

不过我还是很好奇他在澳门干什么。

“还能干什么，”苟三说，“开车噻，听说在开出租车。”

他一脸失望。“还不如留在省里呢。在省里开车好安逸嘛，吃国家的用国家的还拿国家的，走到哪里都有人贴着热脸接待。”

“那还是不同，”响枝说，“别人现在毕竟是外国人了，不一样的。”

“屁个外国！”海棠有点幸灾乐祸的样儿，“过不上几年，澳门被我们拿回来，他不又变回中国人啦？”

大家吵吵嚷嚷够了，散了。我惘然地蹲在后门后呆呆地注视着那栋洋房。似乎没几天，它就破旧了，再也没有了当初的贵气，房顶的瓦片滑落了好大几块，雨水沿着墙壁一直往下渗，几条黑色的水渍弯曲地缠绕在一起，像是一幅怪异的油画作品。

院子里，花都枯萎了，野草倒是生得茂密。曾经让我们赞叹的雕花铁栅栏也锈蚀了，像一排衰老的麻风病人。这栋楼真的破旧了，黑皮恐怕不会知道，就在他死后这几年，胜利二路到处都是新建的楼房，高的四五层，最矮也有两三层。它夹在这些崭新的楼房当中，就像一座低矮的魂灵蹲在废墟上。

直到现在，我还是不知道刘黑皮的儿子叫什么名字。当然，在这条街上，他的确不需再格外拥有另一个名字，一切加给他的名字都是无用且无意义的。

一个没讲完的故事

在胜利二路，再没有比他更讨女人喜欢的人了。他是这条街上唯一姓龚的人，再没有比这种姓更好的了。女人们叫他时总嚷嚷道:“老龚、老龚”。这一来,谁也分不清她们喊的是“老龚”还是“老公”。显然，婆娘们挺为这种小伎俩扬扬得意。

实际上，老龚一个婆娘也没有。也许以前有过，但谁操这心呢?

他不比海棠麻子，有个制药厂的饭碗；不像扒手老茧，凭两根手指就能从别人口袋里找到自己的钱；眯子跟他一样懒，但眯子下一天象棋，柴米油盐全就有了。老龚不行。他不像这街上的任何人，没有工作，没有手艺，在他身上你甚至从来都看不到有任何一种工作的欲望。他懒得真够彻底！在我妈眼里，他简直“懒得筋都不会抽”！

老实说，他的钢笔字写得还算那么回事儿。当他认真地趴在账本上签下自己大名时，我妈看不下去了，“唉，你什么都不会。这么大的个儿，去提个灰桶总可以吧！那不要技术。”他是怎么说的？他说：“脏。”

呃，老龚就是这么一个怪人。哪怕住在我们这么简陋的小旅店。通铺被褥又油又味，屋里的口气、脚臭、痰渍，劣质的烟雾，墙壁上发黑的鼻屎……这些加起来，也不能降低他对自己的生活“有那么一点点追求”。

办旅社是婆婆的主意。

九十年代初，如果你在城关拥有一栋二层私房，要想改建成一个旅社根本不难。从乡下请来两位做木匠活儿的亲戚，制好若干高低床和双人床，刷上漆。再采购四五张单人绷子床，添置床单、被褥、茶缸、热水瓶和毛巾等物。最后，请街上的刘副校长在一块宽六十公分、长约一米二的木板上用油漆涂上四个大字：“宏伟旅社。”大功告成，两块钱一天。

通常情况下，“一天”的意思是：白天，再加上夜晚。事实上对很多人来说，两块钱往往不只一天，也许是若干天。在我们这种小店，赊欠是天天都有的事。甚至你只要对我婆婆说几句好听的奉承话，再攀个家谱什么的，她就会眉开眼笑，说不定就要请你上席喝酒。

在我家骗吃骗喝骗住的旅客太多了。老龚倒不是那种人，他在我家住了两年多，好些人误以为他就是这条街上的人。他比这条街上的男人豁得更转，尤其在妇女那里。所以，严格意义上他也不是什么手艺都没有。当然，前提是——如果讲笑话也能算作手艺的话。

他肚子里装了多少则笑话，没人清楚。但我知道的是，只要他开始讲笑话，他就成了一个人物，至少在我们这条街上是这样。

他说笑话时从不发笑，木鸡一样，无辜的眼睛直勾勾盯着你，似乎完全不明白是自己使人发笑。越是如此，越让人发笑。同样的笑话，别人讲出来往往就没有那种效果。有时我觉得，他跟他讲的笑话是融为一体、不可分割的。

街上天天都有几桌麻将摆起打。这天中午，隔壁的柳眉邀角儿去了，留下胖婶、冬枝两个坐在桃花太阳里嗑瓜子，冬枝突然瞥见男人的身影在巷口闪过，扔掉手里的瓜子壳，“哎呀，回去了！”胖婶白了一眼，“急什么，不是去喊了嘛。马上就有角了。”冬枝说：“哎，不得行了，我家属出差回来了。”这时，窝在一边的老龚懒洋洋地说：“‘家属’可不能乱叫的。”

胖婶提起了兴致：“还有什么讲究不成？”

老龚说：“从前有个官叫徐九经你们知道吧？”

冬枝嘴边还沾着一片瓜子壳，哧哧地笑。

“九斤？还八斤半哟。”

“有一天徐九经坐堂，”老龚不紧不慢地往下讲，“不晓得哪个衙役冷不丁放了一响屁，他大怒，惊堂木一拍：大胆！这么严肃的场合，竟放响屁！给我拿来！师爷想打个圆场：老爷，屁是一阵风，吹散没影踪，如何拿得？徐九经更恼火了：狗日的，你跟放屁的难道娘舅关系，想徇情？不行，老爷我定要拿到！师爷没法，出了府衙，捏着鼻子到厕所取了一坨干屎回来：禀老爷，正犯是逃了，不过，我拿得家属在此。”

冬枝的脸由红泛紫。

此后，这条街上再没怎么听到妇女们提到“家属”这个文绉绉的词儿了。

街坊其实更喜欢听他说荤段子。

这条街上喜欢不劳而获的人实在是太多了。这可把瞎子九爹气坏了，听他说书的人越来越少。但是街口闲扯摆龙门阵的人越来越多，每天黑压压撅着十几个屁股，一人捧一个搪瓷茶缸，尽在那儿傻吹。准确地说，良友小卖部的门口，多半是上了年纪的街坊；旁边国营理发店的门口，年轻人更多。

如果老龚路过这里，往往就很难脱身。

苟三从理发店蹿出来，缠着他："讲一个呗。"

"上面有毛，下面有毛，晚上睡觉毛挨毛。"老龚扫视着观众，"你们猜。"

"这也太简单啦！"苟三的缺牙巴都笑得豁开了，挤眉弄眼地，"猜个毛！"

"屁！不可能这样简单。"海棠显然要高明些。

但他也找不到答案。"老龚，到底是什么嘛？"

"一个题两角钱——不然我出题干吗？"

"那我给你两脚！"海棠笑。

"想想，啊！"老龚边笑边拉着我走了，留下他们在那儿争执不休。

我偷偷问："是什么？"

"眼睛啊。笨蛋。"老龚说。

第二天，我走到哪儿都听得到有人故作神秘地问："上面是毛，下面是毛，晚上睡觉毛挨毛——是什么？"

尽管人人都知道了正确答案，但并不影响大家故作严肃的思考状。大家都喜欢这种游戏。也许，这是谜语受人欢迎的奥秘所在。

在我们这条街上，人人说话都要带几个"麻逼"，其实，这是一种亲热的表达方式，而且公平，因为人人都这么说。

这天，烧腊馆的毛师傅和胖婶又为麻将的事吵起来。这两口子，从来就商量不好那件最关键的事：今天到底该谁上场？

反正他们从来就扯不清白，扯不清就扯不清，还喜欢赌气，互不相让。总之，闹着闹着两口子干脆同时上桌，争着抢着打怄气牌，变着法子不要让对方讨好，手气越打越烂，轮番放铳。这回吵架也是如此。两口子合起来输光了一条裤子，回去就闹。毛师傅被胖婶的刀子嘴搅得心头痛，大吼一声："你妈个麻逼"！她马上回敬道："你妈才是麻逼，你祖宗八代都是麻逼，你全家都麻逼！"

"嘿！奇怪吔，未必你不是毛家的？"老龚挤在人堆里，冷不丁一句，胖婶一愣，大伙喧笑起来。

老龚问边上的人："你们哪个晓得什么是'麻逼'吗？"

"长了麻子的。"苟三自作聪明地说。

"不是，不是。"他摇头，"说有个书生赴京赶考……"

听老龚一番惟妙惟肖的解释，凑热闹的街坊乐翻了，连毛师傅都咧嘴了。所以，有他在，你两口子连架都很难吵下去。

难免有人跟我一样好奇，问他："老龚，你那些故事是哪儿来的？"

老龚说："书上啊。"

"哦……"

问的人就再没兴趣了，没人问他在哪本书上看见的，也不去问他在哪里看到的书。大伙宁可听他讲过七遍的段子，也不愿自己去找书里的东西读。

不过老龚对我的解释可不一样。

"老龚，你那些故事哪来的呀？"

"东抄抄，西抄抄呗！"

"这样就行了？"

"当然不行啊！"想了想，他提示我，"不背下来，抄一千条也白搭。"

"还要背下来呀？"

"当然喽！再好的脑子——"他指指自己的太阳穴，"都不如一个烂笔头。"

我又问："你抄这个有什么用呀？"

"为了让女的笑啊。"

说这话时他是很严肃的。

这不是玩笑，老龚简直生来就是要为女的服务的。海棠说，老龚是胜利二路的"妇女用品"，他建议老龚："你不应该住胜利二路，你应该住在裤裆山上。”

老龚并不反感，他说自己就是个“挑故事卖的小贩子”。在他看来，为女人服务，让她们高兴，是极其重要，也是极其自然的一件事情。

这条街上的女人只稍稍改动了这个说法的顺序，意思就全变了——“故事犯”。她们为这种乐趣狂笑不止，“别人犯法是拿手，你是拿嘴来犯法。”

事实上，老龚真没干什么坏事。他总在无偿地制造欢乐，随时随地配合别人娱乐。

当然，他这一套也不是对每个女人都适用。在隔壁的陈二芬那里，他的笑话和鬼话就完全吃不开。

四个妇女在暖阳下抹麻将，老龚坐在边上讲笑话助兴，其他人都在乐，就陈二芬阴着一张脸，好像谁欠钱一直不还她一样。

也许老龚讲的哪个笑话惹到了她。她是个新媳妇儿，全身上下滚圆圆的。脸盘儿圆，眼睛圆，腿肚儿也圆，连腰肢都是圆的。胖人都爱笑，也爱较真，嗓门亮。这条街上没人比陈二芬更爱唱歌，她能在任何时间任何条件下唱歌，声音能飘到对面的鸿渐大道上去。她男人在橡胶厂顶班，一个不死不活的塌火单位。

我想胖女人比较多心，偏偏老龚一会儿说她是胜利二路的百灵，一会儿又说她是陈圆圆。那吴三桂的姘头能算好人吗？猜不出是恭维，还是挖苦。我想是因为这。

老龚偶尔会失踪。

有时失踪几个小时，有时失踪几天，有时失踪几个月。也正常，这是旅社，并不真是他家。谁也不晓得他干吗去，也没人关心这个。

我羡慕他的是，吹牛、睡觉、吃饭、发呆，好像这就是他每天全部的工作。

重要的是，我们是朋友。

有件事我没告诉任何人，但满街都知道——就是我偷车那个事。粮校刘副校长的那个蠢儿子，每回撞见我总要假内行地问：“有货不？”要不就是，“帮我搞一辆永久，没得永久，凤凰也行。”又有一次他说的是，“帮我搞一辆凤凰，没得凤凰，飞鸽也不错——尼克松都骑这个。”你永远听不懂他到底是要永久、凤凰，还是飞鸽。教书先生的儿子说话都这样绕。我含混地答应了。我不会告诉他，偷的车是不能卖给熟人的。这是我为数不多的人生经验。

上次，我就是被熟人卖的。

我跟生产街的周扒皮伙起偷了四辆，他撬锁，我望风，骑到几十里外的镇上，卖了，我分到了四十块钱。我天天在食堂请同学过早。我们学校偷自行车的多了，没一个能像我这样大方。有一天，一个吃了白食的家伙被抓了现行，弄进去，很顺便就把我供了。

那是初二下学期第一堂政治课，派出所的人来了，将我提走。我听到背后政治老师在说："同学们，什么是传唤，这就是！"审完把我送进号子时，迎头就遇见了老龚——他正要从里面出来。他当即就求道："干部！这是我弟伢，麻烦您关照，改天请您喝酒。"

这种委托当然没丝毫作用，但这确实让我对他第一次有了好感。

之前，我对旅社的人没一点好印象。长期住客，其实多是没家或回不了家但总做发财梦的一帮家伙，五角钱一倒的麻将都打不起，却大剌剌地对着公用电话吼："只有三吨？嗨！听清白了，我是要两个火车皮！三吨？做胡椒都不辣！"

总之，这些家伙不是干皮包公司的笨蛋骗子，就是逃难的灾星，不是从乡下来医病的，就是躲债的穷鬼。要不，我们的账本上怎么写满了赊欠呢？老龚这点要比其他人强，虽然啥事不干，荷包里总能摸出点票子出来，甚至常常还有酒喝，就是欠我家的账，隔几天也总能还上。

老龚是毛师傅家的常客。就是路口那一间苍蝇馆子，本来没名字，但街上的酒客无私地馈赠了他一块看不见的招牌："烧腊馆。"这说明，最在乎馆子有没有名字的，往往是那些请客吃饭的穷鬼。

从号子出来那天，老龚见到我就会心一笑，就像是两个人拥有了某个共同的秘密，使得我们不知怎么就亲密起来。我们聊了聊，他忽然跳下床，说给你接个风吧。于是领我去烧腊馆，两荤两素一汤，一人二两枸杞酒。整得我浑身上下一阵激动。

喝完酒，我问他："你是为什么进派出所？"

他只笑笑，绝不透露。

还有一次我问："你天天在我们家蹲起，身上的钱是从哪里来的呢？"

"钱嘛，就是个屁。"他抿了一口酒，搞得很神秘，"憋时间长，嘣一声，它就掉出来了。"

我知道他有些话不想告诉我，这没什么。长期住在旅社的人，谁都有些不能轻易让人知道的故事。

没有工作，始终是无聊的。

有段日子，老龚打发时间的方式是“打分”。他带着我蹲坐在鸿渐大道的街口打望过路的姑娘，挨个打分。有时我一整天也没几个高分，他倒没几个低分，而且他评分的标准明显跟我是有区别的。我觉得苗条的好看，他觉得胖的好看。他还笑我：“小鸡巴，你懂个卵！”

有一次，他领我去见他的朋友。这很少见。

我们从城关步行到北门，走了三十分钟，到了那片郊区，是一条背街的老巷，巷子里藏着更小的巷，迷宫一样。这些巷子统统没有名字，门牌都很少见到，矮房子，老房子，歪歪扭扭的。到了一户门前，他放慢脚，前后看一眼，扒着扇窗朝里瞅一眼，跳下，叩门，咯吱，木门拉开一条缝，一支赤裸的胳膊直接就将他扯进去了。飞快。

这地方我跟着他去过两次。一次在外面等，一次在堂屋等——我最烦的就是等，他往往要待很久。那次在堂屋，我把饭桌上一本小学三年级的语文课本从头至尾读了几遍，有许多崭新的发现,甚至许多篇章都是完全陌生的。我发现在无聊时，人的学习能力要变得强很多。还有一点是我新发现的，只要是出门一趟，他准会下一趟烧腊馆，因为身上突然就有点钱了。

除了那地方，他还带着我去过沿河街几回。那条靠着大码头的老街上有两三家招待所，他似乎在所有的旅社都住过，每个招待所都有他的朋友，当然主要是一些女的。每次陪他去，我都很兴奋，这意味着晚上又可吃到红烧鱼块，或是满满三层的蒸笼格子。

唯一一次，我扔下老龚跑掉了。那是在沿河招待所，我在门房等他，不知什么时候来了一个女的，很亲热地搂住我叫我“小弟”，肥厚的胸脯压得我气都喘不上来。突然，她在我裆里掏了一把——天啦！我整个人都凝固了，头皮一阵酥麻。我竭力挣脱她，飞跑出去，旅社旁边一条黄狗猛然蹿出来，嘶吼着，紧紧撵着我的影子。

事后，老龚为我的遭遇哈哈大笑。可是我很委屈，而且我也明白那些女人是做什么的。

他跟我讲，妓女应该受我们尊敬，她们跟纺织女工、女营业员、女售票员没什么区别，只不过就是没有一张营业执照而已。“喏！你家——不是也没工商执照！”

他还说，妓女在战国时代就有了，最早的妓馆是一位宰相开办的，相当于现在的国营企业。

“不可能！历史书上一点也没说呀？”不知怎么搞的，我觉着很羞耻，又有些愤怒。

“嗐！你读的是什么书呀！”他皱着眉头。

抗拒归抗拒，但我宁愿选择相信他。因为有一点我很清楚，我的历史老师往往只会教材上的东西，超出这个范畴，其他在世界上发生的一切事情他都说不上来。

我跟老龚相处得很愉快。但我从来没想过，老龚会再次失踪。

他这回是真的失踪，跟他一起失踪的，还有隔壁平常对他总没个好颜色的陈二芬。

这件事，是整个胜利二路都知道了，我才知道的——也不知勾搭了多久时间，用了什么样的手段，那个成天对着镜子唱民歌的陈二芬，被老龚叼走了。

我甚至不晓得他是怎么跟她传情的，我半点苗头都没瞧出来。这种守口如瓶的功夫谁都不如他。

我第一次对老龚有了意见。我不喜欢这种被欺骗的感觉。当然我也很沮丧，走嘛，也该告我一声，以后好联系呀！

不过，我终于理解了老龚为什么总喜欢坐在我家门口——靠陈二芬家那侧。我还记起一件事。那天，陈二芬在门口洗头，哼着欢快的歌，我们正下棋呢，老龚嘴里突然冒出一句："这腿是怎么长的哟，真他妈安逸。长得像藕节一样，一节就是一节！"我愣了一下，"太肥了吧？"他哧的一声，"杨贵妃肥不肥？皇帝老子还喜欢呢。"

他告诉我："你小伢儿不懂，女人还是肥点好！"

"哦。"

我想这跟有人专拣肥肉吃可能是一样的。我有个亲戚，一次能吃七碗蒸肉——不是瘦肉，是肥到底的那种肥肉。

老龚失踪前一天，我们一直待在一块儿。

他在房间里走来走去，走来走去，后来躺在床上，眯着了。不到一刻钟就惊醒过来，睁眼问我："几点了？"

我看着手腕上的电子表，"四点半。"

"哦，"他似乎很疲倦，轻轻拍着床铺，"来来，坐这里，给你再讲一个故事。"

一开始我以为会是个笑话，结果不是。一点儿也不好笑，跟以往他讲的那些都不一样，一个奇怪的故事。

说的是有个人老婆不见了，生不见人，死不见尸，死活查不出原因。他就去找，几年下来毫无音信。有一天他遇见一个老头，两人一块喝酒，喝到半夜一块出城，找了片树林歇脚。老头儿问他还喝不？他说喝。于是老头从背囊里变戏法儿似的，一件件取出铜盘、银碗、象牙筷子，接着是酱牛肉、东坡肘子、尖嘴壶，酒菜都是热乎乎的。喝了许久，老头儿说，两人喝无趣，我再叫个人来陪。一阵烟雾后，出来个女人，漂亮得像是假的，给他们斟酒、伴舞。他晓得遇见了奇人，也不敢表现出很吃惊的样子。老头说，兄弟，我跟女人亲热亲热？没问题。他说。老头跟女人在边上亲热了一阵，酒劲上来了，说兄弟我先睡啦，她再陪你喝点。老头就开始打鼾了，睡得死沉。女人突然说，求您件事。他答应了。女人说自己随身也带了一个朋友，但希望他能帮忙保守秘密。他允诺。又是一阵烟雾，出来一个俊生，两个人你一杯我一杯，缠缠绵绵。他很尴尬，佯装睡去。后半夜惊醒，发现那个女人醉卧一旁，后生却搂着另一个女人。他继续忍耐着，直到再次昏睡。清晨醒来，后生、两个女人都不见了，眼前只有老头一人。他猛然想，这老头能帮我找到失踪的老婆！但他又很焦虑，自己晚上看见的那些，到底要不要跟老头说呢？……

话说到这里，我们同时听到妈在楼下一声大吼："老龚，电话！"

于是，他匆匆下楼，再也没有回来。

我是说，他从此就没回到过这条街了。

老龚跑了，给我们家留下了一笔深刻的遗产。从此，陈二芬一家跟我们这家闹得是水火不容。陈二芬的婆母，一天要在门口咒骂三个钟头，一时说我们是内应，一时又说我们搞阴谋诡计，说要没我们在当中牵线，这对狗男女不可能这样无影无形。

我妈气哭了好几回，委屈呀，根本没这事嘛！账本上老龚还欠我家三十九块住宿费呢，怎么就成了“收了那个杂种的好处”呢？

街坊们议论纷纷，当然，主要是针对陈二芬的。

“怎么样？我没说错吧！她嫁过来那天我就说，一看就是养不熟的。她心里东西多哟，成天哼哼唱唱，其实就是在钓东钓西！”

“天天抹得白涔涔的，眉眼花俏！一看就不是个留得住的东西！”

“嘿！抹点雪花膏算什么，我跟你说，我早就发现有问题。你看她那个头发，怎么一天都在洗，好像洗不干净。这么大截胸脯留在外边——嗐，我跟你说，她的褂子短，裤脚短，上面露一节腰，下面露两条腿，干吗呀！”

海棠则说，陈二芬根本从做女伢起就跟老龚有一腿。说得活灵活现的。

“啊，原来是老皮袢？”这样一来，大家啧啧说，“原来老龚是处心积虑呀！”

我问海棠：“你是怎么知道的呀？”

海棠说：“苟三告诉我的。”

我去找苟三，他说："我听冬枝说的。"

我去问冬枝，她想了半天，"我说过？"她拍拍大腿，"嗯，是，我听胖婶讲的。"

胖婶说："我屁都没朝这边放！我说在馆子听到有人讲，有个女的被老情况勾跑了，跟二芬蛮像。"

我很失望。谁也不晓得究竟怎么回事。这倒像他，老龚出的谜题也只有他自己能解。

陈二芬跑了，张春光——她那瘦得像干豇豆的男人请了长病假，满世界去找了一通，一个半月后回来，又黑又瘦，像个老头。他是一个人回来的。后来我们听说，他只走了个把星期，身上钱就被人抢光了，在工地上挑了三十天沙才攒到回家的路费。他一回来，他老娘就躺下了，给气的。

人人都在谴责陈二芬，这家发生的一切厄运都是她造成的。

从此她多了一个隐讳的别称："偷人的贱 ×。"事实上，我看许多女人在背后越是起劲地辱骂她，那双喷火的眼倒越像是在嫉妒什么。再说，她太冤枉了，偷人的明明是老龚呀！

谁也没想到，陈二芬自己回来了——在出走两个月左右。一见到她，男人立即从凳子上直起身，单薄的身躯像树叶那样战栗着。

他没责备她，更没像海棠预言的那样：“照那个偷人的 ×，狠狠给她几下，叫她记得疼！”

回家后，她对这段失踪的过往绝口不提，那个明显存在的段落，就这么被她用一股我们根本瞧不见的气力抹去了。

事实上没多久大伙儿也忘了这桩风波。街上没人提到这事，就像是真的忘了。

值得一说的是，那几年，她对瘫在床上的公婆伺候得真算可以的。没几个媳妇儿像她，早晚守在边上，用手去给婆婆抠那些结结实实的积屎。

她又在门口哼歌了。

男人专门给她买回一套黑色的公放。每个下午，胜利二路回荡着那不算准确但绝对嘹亮的嗓音。

听到她唱歌，我偶尔会想起我的朋友。一同失踪后，她是回来了，但老龚就像消失在空气里。当然，我也偶尔会想起那个没来得及讲完的奇怪的故事。

那天，老龚的情绪有点不寻常，一根接一根吸烟，房间里到处都是他吐的烟圈，缓缓盘旋着，似乎要极力进到坚硬的天花板里去。

其实，他已经预感到我们今后不会再见面了，有点伤感地摸着我的脑壳问：“今年多大？”

“十二了。”

“有没有碰过女的？”

“我跟夏慧兰睡过。”她是我同学。

“怎么睡？”

“就是在一个床上挨到睡啊，还能怎么睡。”

他哈哈笑，这天他应该还是头一次笑。

“等你像我这样大年纪，你就晓得了。”他若有所思，拍拍床铺，“来，坐过来，我给你讲个故事。”

不过，他的这个故事最终没有讲完。

我再没见到过他。我也没听说胜利二路的任何人见到过他。我觉得，他是躲进了那个没有结尾的故事里。

最冷漠的人

每个清早，我站在门口那丛低矮的万年青前漱口时，总能看到张嫚子也在对街的红星旅社三楼阳台漱口。不同的是，每次我都慌慌张张的，她却总是从容不迫。她家就在我家后门斜对面，算是很近的邻居了，但我们加起来没说过超过三句话，我也没见她跟其他街坊说过什么话。她是我见过的最冷漠的人。

街坊们都叫她“蛮子”，因为她脸上总挂着一股说不出来由的挑衅和狠劲，这条街上人人都不大敢惹她。

海棠麻子算是这条街上最偷奸耍滑的家伙，但也郑重地告诫我们：“你们最好离她远点！”

张嫚子十五岁那年在南湖市场跟胡屠夫打了一架，我没亲眼见到，各种版本倒是不少。故事之所以被传诵，在于恁个大块头的杀猪匠，竟然被一个小女伢打输了！听他们说，胡屠夫当然不是打不赢，而是被蛮子的疯样吓到了。

至于他们打架的缘由，真是再简单不过，只是对她称了半天肉又不买有些不满的胡屠夫背后埋怨了一句："疯婆子家的。"

就为这个。

要不，怎么人人背后都叫她蛮子呢！现在更没人敢轻易招惹她了。她在红星旅社明目张胆地"卖麻花"，已是人所共知。但真正敢于这样公然叫嚷的，只有她妈。她妈有疯癫病，动不动就踮着脚骂泼，"骚卖 × 的！"不过清醒时，她跟我们也没什么显著的不同，这时，我们也礼貌地称她"常孃孃"。

她们一家人，只有常孃孃清醒时跟街坊有所来往。她清醒那段，跟你拉起家常，就像一点儿也不知道自己患有疯病。除了她，这家人的其他成员仿佛并不实际生活在这条街上，几个沉默的幽灵。

张嫚子的父亲，一个粗野的老铁匠，除了勾兑的高粱白干，对其他一切都不感兴趣。她有个哥哥，读了四年高三，总是孤零零一个，我从没见他有任何一个朋友。每当他提着沉重的步子从我家后门走过，我妈就忍不住摇头，"唉，这伢迟早有天要跟她妈一样。"

常孃孃的情况时好时坏。你要晓得她是糊涂还是清醒，只消看她在门口煎中药没有，她清醒时总在拼命喝药，至少喝了三五吨中药水，倒掉的药渣都积成了小山，这让每天来收垃圾的张婆子嘴里总是嘟哝个没停。但是，常嬢嬢哪怕再喝七八吨药水也没用啦。一场意外，让她全部的努力都彻底白费掉——一个晚上，张嫚子去解手，在鬼巷被一个黑影子强奸了。

最让街坊惋惜的是，这事出得也太不是时候，就在她高考前一个礼拜，而她本来是最有希望成为胜利二路第一个女大学生的。听说,落榜后她也想复读一年。所有人都觉得理所应当。儿子复读这么些年，一年不如一年，分数越来越差。但铁匠不干，浓烈的酒味儿在咆哮中四处乱窜，“读，读，读上天！有屁用？个杂种，就这么点缝你都夹不紧！”

张嫚子终究没能像哥哥那样去复读，没人听到她有什么抱怨。当然，她在街上也没有朋友。她到居委会填了个表格，就变成了“待业青年”。这让我很是羡慕，这个称号听起来就像一种荣誉。

后来，张嫚子就去了红星旅社。

街坊们传递这个消息时，总是捂着嘴，哧哧诡笑。我不知道这有什么值得可笑的。后来连我也知道了，张嫚子是到红星旅社“卖麻花”去了。但我笑不出来，有种说不出的羞耻。红星旅社离家也太近了，也就前后街的距离，她就不怕街坊说？不觉得臊？当然我不会傻到跑去问她这个。我偶尔担心，这事要是被铁匠发现，她可就活不了啦！老铁匠会把她撕成一片一片的。

我的担忧似乎是多余的。铁匠家风平浪静，他照样清早出门，黄昏回家，坐在门槛上，面前一条长凳，两个菜、一瓶酒，喝完收秤。深夜，呼噜像雷声滚过街道。我看，要阻止她的堕落，非得出现另一个奇迹——看常嬢嬢哪天再清醒过来。

一天，街口烧腊馆的两口子莫名其妙吵起来，毛师傅被胖婶指着额头，牙根都要咬碎了，“我晓得你这几天雀儿痒，你要敢去，小心半夜起来割了你那玩意！”女人们会心大笑起来。

那段时间，街上的男人都在私下议论张嫚子这事，心情矛盾，都想去，却都又不好意思当“第一个”。

总归还是有个人开了这个头。

这事被捅出来时，吓了我们一大跳。因为这个“昏了天”的家伙，不是以自诩“有卵子”的海棠麻子，也不是看见女人屁股就挪不动眼睛的老龚，甚至不是缺心眼子的莽汉甲鱼壳，而是被这条街上的老太婆们称为“热心伢”的肖三。

肖三，顾名思义，排行老三，两个姐姐都嫁到远处，老头老娘前后死了，家里独他一个。肖三很瘦，瘦得有点佝偻，看背影，不像二十多岁的青年，倒像他死去的老头儿又活转过来了。他刚刚从省城培训完进了棉纺厂，钳工，一个月能领四十三块钱，够不错啦。他也没什么恶习，不抽烟，不打牌，不酗酒，更不打架，他就爱凑热闹，嘴边喜欢故意带点骂词，自以为很时髦。

其实肖三是个和善的人。张婆子送垃圾，板车爬不上坡，只要他看到，咚咚跑来，推一把就走；易老爹瘫痪在床，往往要指望他搬进搬出。总之谁家要是有点事，只要喊他，他都不推。尽管嘴边老带着一些脏词，大伙习惯了，不以为意，不是对他的善意所支付的一种酬劳，而是大伙都知道，那种恶狠狠、流里流气的东西只是他的一种装饰——心里还是蛮良善的。现在，就是这个热心肠的老实人，去嫖了张嫚子，并且被警察带走了。话说回来，要不是被警察带走，鬼都不能知道他竟然干出了这样的丑事。这些内幕都是毛师傅散布的，他舅子在派出所当差。

事实上，比这个消息更让我们震惊的是——在红星旅社这一年，张嫚子就向派出所供出了三个男人。也就是说，肖三已经是第四个嫌疑人。

消息基本上确凿无疑。不用说，大伙儿都傻了。原来她在红星旅社做那种勾当是有想法的，不是自甘堕落，而是为了替自己申冤。

“疯了！简直疯了！”毛师傅面色凝重，“把我舅子他们也整疯了。因为她交出去的那几个人，完全是猴子跟蚂蟥相亲，八辈子都找不到关系。简直，完全摸错了胯子啊。”

“她认定的人，总有自己的道理吧？”苟三问。

毛师傅说，张嫚子被强奸时，从头至尾都没见着脸，“但是，闻到一股味儿……”

“什么味儿？”苟三马上追问。

“各人想，”毛师傅悠悠地，“我只能说这么多。”

“噢！”海棠猛拍大腿，“是狐臭！”

但他觉得不对劲，“有狐臭的人那么多，总不能遇见一个就交代一个吧？”

“差不多吧，”毛师傅含含糊糊说，“至于是不是……得去问蛮子了。”

“总之，她没搞准过。”最后，毛师傅对着人群下了结论，“这回肯定也是。”

那当然，搁谁，也不能信这事儿是肖三干得出来的。

苟三又开始唱反调了，他也就只会在这种时候出点风头，“你们都被他的老实样蒙蔽啦！你查查《康熙字典》，天下的糊涂事都被老实人干完了！越老实犯的浑越大。”

“哪个猪憨那么苕？日都日了，还主动送上门去？”海棠跟苟三打赌，“要是他干的，老子把脑壳卸给你作夜壶。”

竟然，这个赌局最终被苟三赢了。

毛师傅笃定地传播打听到的全部。

“已经认喽！签字画押了，人都转到看守所去了，就等法院判。”

谁也不信，但又不得不相信。

几个月后，消息被证实：肖三判了六年。

海棠不可能真的舍得把脑壳给人作夜壶，好几天都躲着苟三，最后，他还是以两包大重九做了代价。

只是这个结果让我好一阵惘然，在我心里肖三是个好人。

肖三只坐了三年牢，当他回来时，像是出去打了几年工。

宣判前，肖三的两个姐姐都回来了，花了不少钱找关系，很迅速把他判了——为的是好捞他。这个弯弯我死活绕不过来，花钱就是为了让肖三能够早判早坐牢？后来海棠麻子打听到了，得意扬扬地转述给我们，肖三的姐姐最硬的关系是在监狱，不是法院。你法院不判，我这关系也用不上呀。据说是监狱的关系给她们支使的一招。

“妙呀！”

大伙恍然大悟的样子。我还是没太懂，当然也无所谓了，反正肖三回来了。

但我简直认不出他了。他身上的一切都让你感到陌生。胸脯上的排骨不见了，几堆精肉疙瘩堆在那里；原先是边分，现在是平头；以前烟酒不沾，现在烟酒不分；以前见人就笑，现在一脸凶相。

海棠说，那里面就是这样的，扒手进去，大盗出来；绵羊进去，灰狼出来。“要不怎么叫改造呢！”他说，“里面可是一个大熔炉呀，什么人才都有。”

“不就是装相嘛，”苟三天生就爱这一件事，唱反调。他说，听跟肖三同在看守所待过的人说，肖三吃了不少亏，什么“放电视”，“喝啤酒”，“回锅肉”，走过场的程序一个都没落下。“噢，噢……”这样一说，大家也表示理解。强奸犯嘛，难免的，在号子里跟猪狗差不多。

议论归议论，肖三的突然出现，让胜利二路一度有些紧张。一些老街坊都为张嫚子捏了把汗。蛮子这样搞了他，他肖三未必不找补回来？

这当中，更惊心的是苟三绘声绘色的传言，他赌咒发誓说，好几回亲眼瞅见肖三踟蹰于张嫚子的屋前，低着头，“找魂一样”。

听得我心头骤然一紧。

事实上，张嫚子早没住在胜利二路了。现在她可是备受争议的人物，她开了城关第一家按摩院。

肖三被捕后，她出门到广东的经历，街上的人多少是知道一些的。那边老乡多，什么信息都有，包括张嫚子重操旧业的事情。听到这个消息，海棠又跟苟三打赌，说以张嫚子的脾性，在那种场合混，绝对会死在外面。

但他又输了。

三年后，张嫚子不仅活生生地回来，还很阔绰地回来了。她带回来一个甩“港腔”的叫“阿黄”的男人，皮鞋头尖尖的，头发梳得油光水滑，“蚂蚁爬上去都得拄个拐杖！”海棠这样说时，惹得大家一阵哄笑。

街坊现在没人同情她了，也没人骄傲地称她为“咱们胜利二路的梁红玉”。尤其是女人，憎恶她的明显剧增。

有一天，砖瓦厂会计吴大贵被老婆周翠儿抓了个正着。这周翠儿往天骂人可以骂一整天没一句重复。在场的人都以为不吭不气的张嫚子会被她的口沫淹死，要丢死个人。结果周翠儿咆哮了半天，还抵不过张嫚子轻描淡写的一句。

“不要脸的臭东西，你卖什么不好，非要卖这个？啊！”周翠儿质问她。

“有人愿打，有人愿挨，”张嫚子慢悠悠地，“我也觉得您很香，但是你男人为么喜欢搞臭的，也不愿杵一下您那烂藕坑啊。”

周翠儿喉头一个咕哝，翻着白眼，栽倒在地。

即便没有开按摩院这个事，在街坊看来，她的各种做法都是无法理解的。不说像个女人了，简直就不是个人。她好像根本就没长“感情”那部件。她是发达了,但老娘的疯病她不管，老头儿酗酒她不管,而她哥好几年前路过一片盛放的油菜花田，突然疯了。铁匠将他锁在房里。不晓得他怎么就把铁锁撬开，出去就再没回来。有说溺水死了，有说被撞死在国道上了。最可信的是海棠的分析。他说，那段时间刚好城关在搞大清理大整治，一次性将乞丐、精神病、流浪汉装了几辆集装箱，给转移到隔壁几个县去了。“我怀疑，他就在那车上。”

我问：“干吗要这么麻烦？”

“蠢猪！”

这个回答简直就像没说。

街上的女人们是矛盾的。一方面，巴不得给这不要脸的蛮子一些苦头吃吃；另一方面，又担心肖三收不住手，真闹出什么血案来。但是，肖三总在窥伺、探听，却始终就没进一步的动作。女人们多少就有点失落了，“死样！一点血性都没得。”

就在一些人感到失望时，张嫚子却把自己兜进去了。据说那是城关有史以来第一次“扫黄打非”，她的按摩院被连底端了。

“肯定是得罪了哪个菩萨，”海棠说，“你舍不得那几个香火钱，有的是人给你放血。”

出事后大家才晓得，原来按摩院不仅有洗头、按摩、陪男人睡的业务，还在聚众赌博。按摩院的厕所边上，有一个隐蔽暗门，进去又是一个天地，里面甩骰子赌单双，还专门请了个厨师，管中饭、晚饭。很多人都在那里玩。张嫚子每天背个挎包，包里都是现金，专门借钱给那些输的人。警察当场缴获赌资三万七千元——这事被登在日报上，她更出名了。

“难怪骚货那么有钱！”

“这回蛮子是洗都洗不脱了。”

“哎呀，你跟着操个么心哟！破财免灾嘛，她那么有钱，几天不就买出来啦？”

这事发生后，胜利二路上的怨气总算得到了一定程度的释放。过了些日子，惋惜和同情又在舆论里占了上风。

张嫚子被抓了，她那个男人——阿黄侥幸没在场。大家都以为他会把张嫚子保出来，这是毫无疑义的，再自然不过了。再说，这钱也是靠张嫚子才找到的呀。然而，大家没想到的是，阿黄非但没去营救张嫚子，反而揣着剩下的钱款溜了。

“一夜夫妻百日恩呀，”海棠愤愤不平，“这狗日的天天日，夜夜日，一到关键时刻，拔腿就跑了，还是他妈一个男人吗？”

毛师傅透露，那个男的本名黄阿牛。根本不是什么港商，而是湖南邵阳乡下的伢子，专门给人拉皮条。当然，这都已经不重要了，重要的是张嫚子这些年积攒的家当和艳羡，统统就像计算器上面的那个结束键，一键归零。

张嫚子被判劳教二年。

这期间，只有一个人去探视过她——居然是肖三。更诡异的是，张嫚子根本就不愿睬他。当这些消息传来，我们只有面面相觑，“这是一种什么样的精神……病啊？”

张嫚子在牢里蹲了一年多，胜利二路突然传出了一个惊人的消息。

一天，毛师傅兴奋地传讯儿：刚刚肖三去了刑警队报案，说他找到了当年强奸张嫚子的真凶。

“什么真凶？”

“见他妈的鬼唷！”

我们都不相信自己的耳朵，谁也不知道肖三唱的是哪一出花鼓戏。

再等几天，水落石出。

不久前，肖三一个狱友结婚，他去赶人情，主人家正在宴客，硬把他塞在这帮已经喝得二麻二麻的哥们当中。不知怎么回事，桌上两个人喝酒喝得斗起气来。

一个壮汉扯着喉咙说：“你什么东西，老子在汉北曾经一夜赶了十八头猪！一夜撬了五金厂的三个保险柜！”

一个矮子乜眼冷笑，“这算个屁，你偷到了吗？”

壮汉勃然大怒，“老子怎么没弄到？”

“那你怎么坐牢啦？”

壮汉恼火得不得了，“妈的，你算哪根葱，你坐过？”

“坐个牢就有资格了？也值得拿到台面上吹？”矮子阴笑，“告诉你，老子搞了四五个姑娘，没有一回被逮到。”他伸出指头，“前年，汉北河桥洞下老子搞了一个，四年前在城关中学背后的古城堤按了一个女学生……”抿了口酒又说，“还有个，有名得很，说了名字你们都晓得。老子就是不说，只消告诉你是在鬼巷弄的。”在座有人赶紧封口，“喝麻了喝麻了，别瞎鸡巴乱扯。”

这帮人还在喝，肖三提前下席了——他记下那个矮子的名，四毛。后脚就去了刑警队。他对那里也不陌生。

那个四毛被捕后，几个悬案也随之告破。原来，张嫚子还真是有依据的。这四毛的老娘在机床厂门口摊葱油饼，他经常在那儿帮下手，所以身上总有股葱花和猪油混合起来的那种味儿。

值得一提的是，肖三那天也确实去红星旅社找张嫚子，出于紧张，在楼下梭了半天不敢进去。另外呢，上了一天班，还没顾上吃饭，肚子打鼓，于是就在旅社边上的摊子上买了两个葱油饼，囫囵吞了才上去的。

毛师傅这样一说，胜利二路就像是挨了一颗炸弹，厕所盖都掀翻了。

关键是，大家更加搞不懂了。如果张嫚子被强奸另有其人，肖三当初为什么要认账呢？说到天也说不通呀！

我们等着肖三来解释，但他却失踪了，谁也找不到他。

海棠用那种固有的深沉说，肖三肯定是被“安置”了。随后他说：“要等这个案子判决了，你们才能见得到他。”

如他所料，等到四毛被枪毙，大家就又看见他了。但无论谁也撬不开他的牙巴。他不告诉你到底是不是跟公安局达成什么协定，也不说得了什么好处，更不回答为什么要认强奸这笔账。

这笔糊涂账看似要一直糊涂下去了。

事实上，越是秘密的东西，就越是难以保密的。

最终肖三还是交代了内情，是他喝醉了之后告诉苟三的——苟三就是这么跟我们说的。

苟三说，肖三其实一直暗恋张嫚子！这事儿从十年前就开始了——那时张嫚子才刚发育，胸前才凸起两个小尖尖。

“就为这？”

谁也不信。

海棠也不信，“什么爱啊情啊，鬼扯鸡巴蛋吧！一个脑壳正常的人，怎么可能顶着强奸犯的帽子？”

“当然也有原因啦。”苟三说。

“是什么？”大家很急切。

“晓得他当时为啥去嫖？”他继续吊胃口。

“为什么？”

我的心都快涨破了。

“其实，他说他是想去拯救她的！”苟三说，肖三实在是太喜欢她了，喜欢她喜欢得神魂颠倒！要不是看到张嫚子落到这个情况，他哪里有勇气敢跟她说？这不，蛮子下水了，他觉得机会来了嘛！但是，他一进去，还来不及开口，就被张嫚子把衣服剥了！

“啊！”大家一阵哗然，“她这么主动呀？”

“后来，警察说是嫚子报案，而且已经举报过三个人之后，肖三马上就猜到了，张嫚子是想用她自己做饵子。没有一个结果，她是不得罢休的。一年找不到呢，她就要卖一年。十年找不到呢，她就还要卖十年。这好可怕嘛。”

“是，就是。”大伙儿都相信，这事儿张嫚子做得出来。

“所以肖三说，就让老子牺牲吧。反正生不如死，开口也是迟早的事，因为前面几个都有不在场的证明，就老子没有。算了，算了，认命吧。只要她能重新活得像个人。”

这之后，整条街上的人都在期盼一件事：等着马上就要出狱的张嫚子跟肖三结成一对。

现在谁都知道了，肖三对她张嫚子，真可算是有情有义了！重要的是，他已对街坊们公开表明，他不在乎她的过去，这多鼓舞人心呀。大伙都认为，这将是张嫚子出狱时所能得到的最好的礼物。

我婆婆流着眼水说：“天意啊，这是天要他们在一起。”

张嫚子终于在大家的祈盼中回来了，一段温馨的传奇要画上完美的句号啦！

为了让这个好事进行得更为完美，肖三特地来我家，请我妈去牵个线，“不管哪样，程序还是要走的嘛。”我妈当然是很愉快地应承了这桩差使。再说，作为一个孜孜不倦的媒婆，她内心对这桩天作之缘抱有强烈的使命感。

不过，她是被狼狈地赶出来的，这在她显赫的媒婆史上实属罕见。同时被驱逐的，还有一包扎着蝴蝶结的铁质点心盒，一对瓶装白云边，一条红金龙香烟——都被张嫚子甩在外面。那一刻我甚至不忍再瞧肖三一眼。他的脸成了猪肝色，但仍直硬地挺立在她门口，努力想要保持最后一丝尊严。事实上，这几乎是不可能的。

据我所知，肖三从此没再走过她家门口。甚至，谁也不能跟他提到这个名字，谁提他跟谁玩命。

值得一提的是，提亲那天，张嫚子其实一句话都没有说，只有冰窟那样的眼神，还有冬天那样坚硬的姿态。尽管她已经一无所有，但就像她多年来跟我们相处时表现的那样：她并不需要邻居，不需要安慰，不需要同情，甚至连这条街也是可以省略的。所以，她也并不需要一个丈夫或是家。哪怕在大伙看来是如此完美的一段姻缘，对她来说，也像是多余的。

她依旧是胜利二路最冷漠的那个人。

棋子里有什么

要想找到眯子简直太容易了。他只可能出现在两个地方：不在我家睡觉，就在棋摊上。

胜利二路的入口处，不知从什么时候起摆满了棋摊，正好就在“文化市场”这四个已经锈蚀的铁字儿下边。这棋摊是连在一堆的，但老板却各是各，一家十几个棋盘，一个煤炉子，白搪瓷缸子一溜地挂在市场门廊的铁柱子上,已经变黑的抹布，则搭在巷口软塌塌的几根电线上。

文化市场的棋摊是蛮有名的。城关就不说了，还有很多乡镇上的人，清早八晨蹬自行车跑过来。这其中很多人，其实就为了跟这个叫作眯子的怪物过过招。但谁也别想真的赢他。有意思的是，眯子赢越多，脸板得就更厉害，比输钱的人还要沮丧。所以棋摊上一直还有这样一个盘外局：赌眯子到底会不会笑。

说起来，眯子那张脸跟我们也没什么区别，别人有的皱纹、斑点、褐色的疤痕，他一样也有。他同我们一样，会生气，发怒，发愁，或是伤心，但除了一样——他不会嘻嘻哈哈。他的脸部似乎丧失了这个功能。没人见眯子笑过，一次也没有。我不知道他是怎么做到的，他又不是面瘫。

第一次来我们这个小旅社住宿时，眯子淋成了一个落汤鸡，薄薄的西裤贴在腿上，毛茸茸的，白衬衣里凸起的乳头活像两颗乌青的果仁。

进门他就一个趔趄，踩到半片西瓜皮上；上卫生间，额头又撞了一下，砰！一声闷响——他没叫，只是捂住头痛苦地蹲下去。我倒是在心里惨叫了一声！

这两个细节，充分说明他是真没眼色，看不见脚底的瓜皮，也注意不到这个设在楼梯间的简易厕所是那么低矮。

后来我知道，他的眯眼不是天生的，近视了，又死活不肯配眼镜，日久就变形了。但他自有理论，说眼镜是越戴越瞎。我说他瞎说。他说，眼眯着聚光！

他闯进来那天，我妈很体贴地问他从哪儿来。她对每个新客人都是如此。

他木着脸，“你管床位就行了，还管我从哪儿来？”

我妈有点下不来台，但仍然不甘心。

“你去哪个旅社，不要身份证嘛。”

“嘿！”他吼道，“要身份证我还来你这里呀？”

于是我妈闭上嘴，提瓶开水领着他上楼去了。

其实眯子打哪儿来，对我们来说一点儿也不重要。蜷在这间屋子的旅客，大多数我们不知来历，他们彼此也不会去问。没人关心这种事。

可是眯子是湿漉漉地闯进来的，而且他明显是个外地人，几乎可说身无长物，就连最起码的行李包都没有一个。他随身只带了一样东西，从进门后一直提在手上——一个捏得皱巴巴的红色塑料袋，那就是他全部家当。

我感觉里面除了毛巾、牙刷和一两件换洗衣裳外，应该还有内容。因为那袋子沉甸甸的。

第二天我就知道了，那是一副象棋，一副黑糊糊油腻腻的牛角象棋，没有象棋盒，于是就用袋子揣着。该有不少年头了。就好像他自出生起就带着那样。

这玩意儿基本上就是他唯一的财产和唯一的朋友。

头一晚，他还是在登记簿上假模假式地填了个名字。也许是周光明，也许是沈高明，大概如此，具体是哪几个字、怎么排列的，我们都忘了。我们都叫他眯子。我们街上善于根据人的特征来取名，他也毫无反对的意思。

第一次喊他“眯子”，他稍愣一下，很快就反应道：“唉……”

就像叹气一样。

跟其他熟客一样，眯子住下就再不挪窝了。同样地，他并没什么明显的好去处。我们这种小旅店的好处是，你可以先把住宿费挪用到吃饭上面去。对于一个落魄的流浪汉而言，吃饭比睡觉显然更重要。

他没有活水的源头，还是这么一个懒汉。

我见他起得最早的一次，已经是上午十一点了。还是同屋的几个老头搓麻将，过于喧闹把他吵醒的。

没钱，他就不出门。除了吃饭。他一天吃一顿，有时两顿。不吃饭时，就在床上躺着，也不晓得他哪来那么多瞌睡。睡醒了，他就摆他的棋子儿。在这旅店里他找不到人跟他下，其他人都想打麻将，哪怕没现钱：拿张纸，拿支笔，记个账都行，就这样也比下象棋来劲。总得有个想头嘛。下象棋只能证明：这人是一点想头都没有了。就像眯子那样。

平心而论，要讲混时间的话，还是下象棋合适。

眯子就是靠着这三十六颗子儿，在床上混了一天又一天。红方是他，白方也是他；偶尔用左手跟右手下。我不知道，这么些天下来，到底是左手赢得多呢，还是右手赢得多？

同屋的老龚，带着一丝同情陪他玩过几把。开场之前，老龚吹得气韵蛮足，结果很尴尬，一局不胜。不服再战，先让马，再让双马，最后让车，怎么也不是对手。像个脆弱的敢死队员，专门来送菜的，而且怎么挣扎仍然是一盘菜。

那种被人死死攫在手心，永远不能翻身的滋味，肯定不怎么好。所以老龚后来宁可搓脚指丫缝混时间，也不陪他下棋了。

我妈又看不下去了。

倒不是那些欠账，而是看不惯眯子那副永远都睡不醒的懒样。她对一切好吃懒做的人都看不惯，不管是她的儿子、老龚，还是眯子。何况眯子“简直懒得屙血”！

她信奉的真理是，人生来就该劳动，只有劳动才能挣钱。所以她尽管每天辛辛苦苦，但仍旧穷得出奇。她从不考虑劳动以外的问题，尤其是付出跟报酬是否同等的若干问题。

她闯进这个大通铺间，皱着眉头，对臭烘烘的眯子说：“你躺了几个月，也该去找个工来做了。”

“哪里几个月？”眯子很较真，“才两个月零六天。”

“嘀！”她说，“你有这记性，应该去干会计噢。两个多月，那还不是几个月！”

“你放心，”眯子说，“欠你的我会给的。”

“不是这个！”她手一挥，“你要动，晓得吧？你不能瘫在床上。年纪轻轻的，瘫在床上，一动不动，血脉不归仓，真要瘫的！到时你再想起来，就起不来了。”

眯子不睬她，拿着一本才从收购站买回来的旧棋谱挡住脸。她一把就将书扯掉，甩到墙角。

“是个人在跟你说话噻！”

她看上去真恼火了。

“我在听呀！”眯子哀求道，“我真的在听，你说，你说。”

他艰难地坐起身，靠在墙上。

“你看，这屋里哪个像你！”

她指着老董，“老董六十多岁了，还在外面跑。”

“他搞皮包公司，诈骗。我做不来。”

眯子说完，老董就哎哟地叫起来：“哎，话说清白，诈骗是犯法，老子犯了你的法？未必现在犯法不归法院归你来判，你说就算？”

“那也是生存嘛。”我妈安慰着老董，又指向兴兵，“你看兴兵，脑壳蠢得像是被老鼠咬缺了几口的，还不是能找到钱？”

兴兵马上就真的去摸了摸自己的脑壳，惹得老龚一阵好笑。结果，她瞪了一眼说：

“你也一样，都不是好东西！”

“哎，我怎么就不是好东西了？”老龚跟她争执起来。

眯子默默下床，把书捡回来，又打开读。

这时，她终于记起来自己本来想说什么的了。

“一天到晚抱个象棋！明天，你去刘家爹的棋摊上看看——就在文化市场的书摊旁边，”说到这儿，她严肃的表情突然变得神秘起来，“听说，那里下棋都兴带彩的。你不是很能下么，你下得赢就能挣钱！”

我领着眯子去了文化市场，就在胜利二路底下。刘家爹的棋摊是最当道的，在左侧入口两百米处，沿着那些铸铁的撑骨摆在路中央——行人走到此处，就没路了。你要么从左边过，要么从右边过。当然，还有一个看起来不错的选择：坐下来，玩两盘。

这也是刘家爹的摊摊上为什么总是坐满人的原因。

原先这里只有两三张棋盘，不够用了，又加了六七套正儿八经的棋桌，还从对面友好书店里牵了一根电线——那些棋客杀到天黑都不肯走，直到老婆提着酱油瓶怒气冲冲跑来。

我实在不理解居然会有这么多人对这玩意儿有瘾。对我来说，象棋实在太无趣了。

眯子抱着手在那里看了一下午，没动。

回去时，我问他："能搞到钱？"

"嗯。"他似乎胸有成竹。

我一听就兴奋了，"怎么搞？"

"下呗。"说完他乜了我一眼，仿佛在说，还能怎么搞？

"能赢呀？"我问。

"能。"

但他的后半句又让我心冷了半截。

"可以找点稀饭钱。"

不过，有个稀饭钱总好过没有，他饿死了对我们没多大好处。他已经偷吃了好几次我们故意留在厨房的冷饭了。可怜的眯子！他肯定还以为我们不知道呢。

象棋对眯子的治疗效果是显而易见的，它把懒惰的眯子变成另一个人：勤奋，规律，甚至说是废寝忘食也不为过。总之他上棋摊，就像别人上下班那样。

他下得晨昏颠倒，半夜回来，在门外敲呀喊的，"矮妈！开门，开门！来开下门啊！"

“谁呀！”尽管知道是他，我妈总是习惯性询问一声。

“我呀，眯子！”

门开后，他像个鬼魅一样从我妈身边闪过，直接奔楼上，拎起被子甩几下，整个人就钻进去，不到中午，连额头都不会冒出来的。

甚至尿都不会去厕一泡。

不到一个月，他就把欠我妈的钱全还了。

我很好奇，跑去瞅了几回。

眯子下棋，一般一局二元，多就是五元、十元，玩最高是五十。有时赢，有时输。但我发现，他总是输小的，赢大的。

我问他：“你这样先输再赢，好麻烦！”

“你钓过鱼吧？”他说，“你不给鱼儿吃饵子，又怎么吃得到鱼呢？”

听起来蛮有哲理。但我总想，万一鱼儿吃了饵子就溜呢？

眯子也承认，这种背时的事儿也有。幸好的是，这样的比例实在太小了。

棋摊上除了眯子，还有一个奇怪的人物，谁也不知道他的名字，都叫他“泡泡糖”。他总是嚼着泡泡糖，一坐就是一整天，早晨他来时嚼的那颗泡泡糖，一整天也没见他吐过。他的特色是下赖棋。谁赢他，天天缠着——活像泡泡糖，粘上了甩都甩不脱。

泡泡糖说自己是兽医站的会计。但大家都说，他早被单位开除了。跟他下棋我觉得真是受罪，我简直不理解为什么还会有人跟他下。我连坐在他旁边都犯恶心，实在是太聒噪了。他要是占一把先手，哎呀！连哼带唱，又摇又摆的。其实要说唱歌也算不上什么，关键在于他能够唱一整天。

总之，泡泡糖实在是讨嫌极了。我真不理解为什么眯子愿意受那罪。

“他不悔棋。”眯子说，“他故意哼得你难受，那只是他的一个手段。下棋的人都有自己的手段。但是他不悔棋。”

“不悔棋，未必有这么重要？”我觉着有点稀奇，不就是玩玩耍耍吗。

他十分严肃：“相当重要！”

所以，只要对面是陌生的对手，眯子坐下来第一句话永远是：“先说好，落子无悔。”

这四个字从他夹杂了外地口音的嘴里出来，很容易听成“骡子污秽”。

看起来眯子的吃喝是不成问题了，甚至每月都有盈余。但是，这也似乎让旅店的平衡悄悄被打破了，人人在妒忌的同时，也在打眯子的算盘。

老董说：“眯子，你现在有钱了，能不能请我们吃一顿酒嘛？”

眯子说：“我不喝酒。”

“你不喝，我们喝呀。”

“我都不喝，凭什么给你喝？”

瞧，眯子就是这么讨人嫌，说话像根棒子，倒下来就能砸到别人的脚。

老龚自觉跟眯子的关系好一些。他也找到眯子，讨要酒喝。他的办法多一些，先要和你绕一大圈，说些好听的话，最后才是主题：

“都是一个铺上睡的朋友，你没饭吃的时候，我请过你吧？”

眯子点头。

“你请我们去烧腊馆整一餐，能不？”

“能。”眯子居然爽快地答应。

可他们当天亲热地喝完酒之后，晚上居然在房间扭打起来了。那天如果不是我晚自习后回去得早，他们很可能要斗得更凶。我拦着他们，分别推进了不同的房里。为什么打起来呢，我问眯子，眯子不说。我问老龚，老龚说我也不知道哇，他发神经！

原来，在烧腊馆，老龚喝安逸了，问眯子想不想去舒服舒服，眯子说不去，老龚硬要拉他去，说自己有个老情况，在沿河街旅社，让她陪眯子好生快乐一次。哪晓得眯子就默着脸了。老龚以为他不好意思，说："没得问题的，我不要你出钱。"还说，"你老是默着脸，去了我包管你欢喜。"哪晓得眯子就毛了，甩手一个人回来了。老龚一个人去欢喜了，回来酒还没醒透，把眯子拽起来，说些过程刺激他，还说："老子好心带你去耍，你不去！你要是去了，看你会不会笑！眯子指着老龚说："滚！"老龚也怒了，"你狗日的给脸不要脸，是想死唛？"接着，两人就扭打起来。

老龚不无委屈，问我："老子错了吗？"

我也觉得，老龚没做错呀。

总之，眯子虽然是住在这里，但和这里的人是十分疏远的。早上，人们走出门了，他还在睡；人家都睡熟了，他才回来。当然，只要刘家爹咚咚地跑来喊他，不管昨夜他是什么时候回来的，一撅屁股就从床上跳起来。好像只有象棋才能唤醒他。除了这个，我想就是天塌下来也弄不醒他。

眯子在棋摊上名声越来越大，被叫作"让子王"。当然，这个名头都是逼出来的。

名头的好处是，能吸引更多好奇的棋客跑来，来送生活费给他。人是这么一种奇怪的物种，越是下不赢，就越是想下赢；输得越多，压的彩越重。坏处是，眯子得让子，越让越多。另一种不妙是，眯子下棋总有很多人围观，那么多眼睛都盯着他，研究他，找他的薄弱点。他的秘密越来越少。

所以，眯子告诉我：“我得不停变换花样，要按常规的那种思路，我就要饿死了。”

我也问过眯子：“城关谁的象棋最厉害？”

他仔细想了想，给了我几个人名，我一听就跳起来。

“王拐子、周大街？”

“嗯。”

他淡淡地点点头。

“跟你比怎么样？”

“拐子的残局下得比我精，周大街的棋比我稳。”

“不可能吧！”

卖卤菜的王拐子和环卫站的周大街，竟然就是他认为的最厉害的角色。

“有什么怪的。”他说，“周大街基本上快赶上特大的级别。”

他补充道：“就是特级大师。”

“屁哟！”我简直不敢相信，“那他还扫大街干吗！”

“每个人都有每个人的人生吧。”他无缘无故叹了一口气，脸上泛起一层黯淡的颜色。

眯子是有秘密的。

没多久，眯子从那间大通铺搬到用五合板隔出来的小单间。他比刚来时有钱多了。

不过有钱没钱对眯子来说区别不大。他不贪吃，不逛街，不看电影，连衣服也不买，他几乎没任何开销。除开睡觉，他的时间全走在棋盘上。

他搬进那个单间，做的第一件事是找地方供他的那副棋子儿。

好像他是为了自己的棋子儿得个清静才租下这间房的。

我很好奇，捻起一颗棋子瞧。我知道有些不起眼的东西是很珍贵的，但怎么也看不出这黑糊糊的棋子有什么特别之处。

“这棋子很值钱吧？”

“就是一般的象棋。”

我不信。好几次看见他抚摸着自己带来的那副棋子儿，若有所思。

我问：“这是什么做的嘛？”

“牛角。这是我第一副棋，花了四块七毛钱。”他看上去不像是撒谎。

我很失望，“这棋里到底有什么啊？”

“棋里呀？”他很认真地思索一会儿，“有时间，有人生。”

噢，我还以为他会说，这棋子里全装的是智慧呢。

有一天，眯子说想租下我们的堂屋。

“你哪根神经不对了呀！”我妈骂道。

他说：“我想开间自己的棋馆。”

“棋馆？”这名词，不光是我，我妈也从未听过。她胖手一挥，就把眯子打发了，“下个棋，还值得开个馆？你要做，像刘家爹那样摆个摊不就行啦？”

这是她后来想起来就悔恨不已的一桩痛事。

眯子出门转悠了几天，回来跟我妈把账结了。

她浑然不觉，“先放了，月底再给一样的嘛。”

“我要走了。”他说。

“回家呀！”她这才发现，眯子把自己的那个袋子提上了。

“回什么家哟，”他说，“我租了间屋，就在东边巷口，烧腊馆对面，挨着选才的杂货铺。”

“啊！”等他走远，我妈才醒豁过来，那样子，恨不得马上给自己一巴掌，“我真是蠢哟，该租给这砍脑壳的嘛。哎哟，蠢啊！猴子嘴里掉枣子了啊！”

眯子的棋馆很快就开张了，像模像样的，堂屋里放了四张小棋桌，每张桌边还配了一个小茶几，上面搁着茉莉花茶。外面门楣上还横了一块牌匾，是老龚为他写的三个毛笔字，拿去裱了：不悔棋。

这既是他的招牌，也是他这个棋馆的规矩。来这里下棋，赌大赌小，杀到天亮，干什么都行，就是不许悔棋。

不许悔棋，这对大多数下棋的人来说，简直是一种折磨。但越是这样，越是有人来。

眯子的生意旺得不行，谁也不知道他到底靠这个赚了多少钱。

有一天他让我们吓了一跳。

天哪！他说要在胜利二路买个旧房，请我妈帮他去物色一下。

我妈失神了好些日子。“这什么世道啊，下个象棋就能赚一栋房子，我辛辛苦苦熬了几十年，还忙不赢眯子的一颗棋子儿。”

她到处问：“那钱是沙炸来的？还是长江冲下来的？”

依我看，没人能回答她。

我妈又开始坐不住了，经常要跑到棋馆去瞅瞅，只要眯子没事，就拉着他。

“光会赚钱怎么行，”她忧虑地说，“你也该找个女人过日子嘛。再多的钱，也经不起水流沙坝呀。”

我真不明白她是怎么想的。眯子连用钱的机会都没有，一天都在棋馆里泡着，他拿魂去用呀。

也不管眯子怎么想的，反正她一鼓作气给他说了三四个女人，但每次都不成功。这让她很诧异。在她说媒的历史里，这种失败案例是很少的。

她去打听了回来，气得不行，跑去质问眯子：“你是要找天仙吗？”

眯子很无辜地说：“没有呀。”

“那好！好生生的女人介绍给你，你啷个回事嘛，一个笑脸都没得。故意的呀？”她怒气冲冲地。

“我也想表现好一些啊，关键是，”眯子一脸愁苦，“我笑不出来呀。”

老龚在一边提示她：“哎哟，我的姐！你多久见他笑过一回？”

“也是。”她显然更困惑了。

“你，那你干吗不笑呢？”

“我也不晓得呀。”

眯子的回答简直把她气晕了，“你就等着打一辈子光棍吧！”

眯子还是找了个女人。

这女人比眯子大几岁，离过婚的，儿子判给了男方。什么也没有，就一个人。

这个女人也是个棋痴。他们真像一家人。

棋馆歇业后，两口子经常下几把。

我妈走过去，忍不住说：“你手贱不，白天下，晚上还下？”

“你看到是下棋，其实我们觉得这是休息。”他说，“像我们现在，又不求输赢，又不争一时之气，只求用心，自然而然，水到渠成，这就是人生之乐啊。”

“呸！”我妈简直被绕得目瞪口呆，更不懂这番话的含义，“你这狗嘴，是不是跟老龚学的，也会鬼打胡诌啦！”

但回到家，她猛然又惊叫了一声：“我是不是看错了？”

我正在门口写作文，被她打断，没好气地说：“你看什么对过！”

“不是，不是！”她使劲回忆，“刚刚我跟眯子扯了几句……”

“你天天跟他扯，惊咋个什么。”我说。

“不是不是，”她连连摆手，终于想起自己要说的那句，“刚刚……我好像看到眯子笑了。”

“真的？”这下，连老龚几个闲人都围拢了，没得一个人肯信，“眯子？他笑？他笑的话，我拿脑壳给你当夜壶用。”

“你就晓得当夜壶！也不晓得当点好的东西！”她提着菜篮子进了厨房，仍在嘟哝，“好像是呢。”

有一天，突然来了一群警察，把眯子带走了。

我放学一回家，就看到很多人围在棋馆门口，问谁，都不晓得发生了什么。烧腊馆的毛师傅一再强调，眯子是被装进警车拖走的。好像上了警车，就预示着事情更加严重。

我妈很乐观，“不就是为赌钱的事嘛，几天就出来了。”她安慰眯子家的女人，“没事，啊没事的，派出所也要过年，都还不是为了过年，找几个钱。没事。罚几个钱嘛，树砍了山还在。”

但事情不像她想象的那样简单。

眯子进去后再也没有出来。警察来了一趟，搜了半天，什么也没带走，留给他女人的话也只有短短一句，但足够吓人的，让她当下就瘫在地上了，“你还是赶紧另找男人吧，他是杀人犯。”

妈呀，这到底是怎么回事！

毛师傅他舅子不是在派出所吗，但他也得不到消息，说来的是外地的警察，他舅子也不清楚。

不过，一段时间后，他终于把事情的原本搞明晰了。

据他说，眯子已经被押送回老家浙江，一个叫临海还是东海的县城。

“听说那是象棋之乡呢，”毛师傅啧啧感叹，“难怪狗日的眯子下棋那么得行，他在那边也是排名一二的高手呢！”

“说重点，说重点！”街上人人都晓得他那点习惯，喜欢旁枝斜出的。

重点就是：眯子确实杀人了，杀的是他老婆。毛师傅喝着大碗茶，把从舅子那里挤来的消息又挤给我们，连说书的瞎子九爹都听得一惊一乍，眯子的故事可真够惊心动魄。

说眯子本名叫“向前”，民间象棋高手，最高纪录是全国业余赛的季军。他走的是野路子，进不了正经棋院，也不愿上班，开了个棋馆，倒也安逸。媳妇也不管他，只要交钱就行。

后来，女人在外面有了情况，借口说跟人合伙回老家做生意，其实是借机跟那男人私通。眯子虽然说跟媳妇关系一直不好，但也并不是傻子，其实是晓得这破事的，当然不答应喽。女人就跟他吵了起来。两个人吵着吵着就破相了，接着扭打起来，女人看他动手，抓个花瓶，把他头夯破了。晚上，在医院缝针回来，女人是横心了，“你不让我回去，我就烧了你的棋馆。”他拿起被子就捂住女人的嘴，“你敢烧棋馆，老子杀了你。”他说只想让女人安静一下，可松开被子，女人已没有了反应。

趁天黑，眯子把女人背到了河边，抛入河中，从此开始了流浪生涯。他唯一带的就是一副象棋。

“那他是怎么跑来我们这里的？”我问。

“问得好！”毛师傅冲我竖起大拇指，环顾众人，“你说邪不邪，他老婆就是我们这里的人。当时死活不让老婆来，把老婆弄死，反而又跑这边来了。”

“狗日眯子胆子真肥！”毛师傅压低声说，“你们晓不晓得，眯子原来是近视眼，跑我们这边，还是怕被人认出来，就把眼镜扯了甩了。”

“哦——”

我恍然大悟。

事实上，我们最后得到的消息是，眯子的女人其实没死。她当时被捂得闭气了，一扔进河里，水从口鼻里灌进来，人马上就恢复知觉了。甚至只需要回头看一眼,他就会知道她没死。

要真是这样，结局可能就不同喽！

毛师傅分析说，幸好没看见，可能他真就一条心把她沉了。都走到那步了！

我们倾向于这种推理，眯子有那狠劲。

不管怎么说，眯子的命是保得住了。

这个消息，是眯子现在的女人告诉我们的。

有一天我妈在街上遇见她，女人说到监狱看他了，眯子什么也不要，就让她带那副棋子儿。她还带来一个让我们都觉得不可思议的消息，那女人说："他一见到我就笑起来啦。"

一副好架势儿

在城关，短短两条街上有三个电影院，一个是最老的解放电影院，能坐四百人，但一部电影就让它毁了。不是说它真的毁掉了，而是说，它在我们心里坍塌了。

《少林寺》上映那半个月，人群一直排到半夜，电影院外面还堆满了愤懑的观众，于是工作人员只好接了个扩音喇叭在户外，让这些看不见影像的人可以听到声音。可是，为了能够比别人先进场，每天都有人因为插队而干架。没办法，纠察队整天整夜在那儿守着。等到这场电影一播完，这个电影院也就被践踏成了一块废墟——人们心里的。

另一个是露天电影院，只在晚上开放，荧幕随风晃动，我们看到的故事和人都是弯曲的，而且永远看不清楚。这里很适合打群架，所以石凳子总是七歪八倒的，一场电影很难看完全套。

好在，露天电影院旁边很快新建成了一栋漂亮的电影院。有一块巨大的银幕，还有逼真的音响，木椅比解放电影院舒服多了。影厅还分上下层，大厅有八百个座位，楼上还抻出半截，座位是双人的。这里除了放电影，还能派上更多的用场，公判大会呀，表彰大会呀，文艺汇演呀，杂技和演讲也常常有。

从胜利二路的任何一个岔口出来，都能走到城关电影院——阔气的石阶下面是宽敞的广场，广场当中竖着一根高大的旗杆。这里是城关最热闹的地方。瞎子闻着味儿听着声就能摸去。挑甘蔗的、做糖人的、租售小人书的、煎包子的、耍猴把戏的、表演气功的和脏兮兮的魔术师，把电影院门口的广场都占满了。所以，这也是城关最脏的地方。

对我来说，没有比去电影院更叫人兴奋的事了。人人都知道，电影开始之前那段漫长的等待当中，必然会有许多精彩的个人表演，各式各样的呼哨声从座位窜出来，一声比一声嘹亮，就好像置身于一座昏暗的百鸟园。每次，在宣传教育片结束之前，我们街上的海棠麻子已经在幽暗的大厅来回摸了几趟。他在找那些看起来好下手的女娃，用他的话是："看有没得一点香气。"

我们最兴奋的时刻还是散场时——故意一窝蜂向前挤动，然后将手贴在前方某个柔软的屁股上。

要我说，电影院真是个好地方。每次当我掀开那道沉重的黑棕布帘子后，就像进到了一个灰暗、未知但充满幻想的崭新的世界。

当然，要是没有青龙的话。

看电影是美好的，但在电影院看见青龙，那种美好就会很是打一些折扣。偏偏,我每次去电影院都能看见他。这个混蛋。

你们不知道，撞见青龙的感觉简直糟透了，尤其他粗鲁的背影蛮横地杵在放映厅正当中的时候。

其实他要是总这么安静也好啊，偏偏他喜欢在一排排座位之间窜来窜去。这个混蛋总喜欢突出自己，好像自己才是电影院的主角，咔咔闪烁的荧屏就像是他表演的背景。

我讨厌他在等候片子播映之前的那些下流的表演，更讨厌陷入紧张情节时他突然爆出的凄厉的口哨，真是烦透了！

我不愿意看到这个家伙，却又不得不接受这个现实，他进电影院的能力比我们加起来都要强。

除了买票，进到电影院的方式其实还有不少。比如从围墙的那个缺口或者出口的铁闸门翻进来，捏张假票或者过期票混进来，也可以推推搡搡地冲进来。至于我，我的办法是，等着前面有中老年人进场时，尾随在后面高喊一声：“妈，等等我啊。”然后迅速跑过那道短暂的通道。这样就行了。只需要根据目标的性别和年龄，在称呼上做点小小的调整。但是，青龙的办法更加牢靠——绷着一副凶相，裸着精赤的上身，蛮横地往里闯。当然，后来他不需要像我们一样了，因为他跟门口检票的一男一女混得比亲戚还熟。他找到了一种讨好检票员的好办法——帮着在门口义务检票，让这些懒惰的职工腾出手，悠闲地嗑瓜子。

青龙这狗日的办法总是比我们多。

沿河街的青龙，是个让人望而生畏的角色。

他黑得真是不像话，比葡萄牙华侨刘黑皮更黑。刘黑皮的黑是天生的，但青龙的黑却是晒出来的。谁也不知道他是怎么晒的，又晒了多久，才变成了这副颜色，仿佛上了一道釉，发出黑黝黝的反光。更让我们害怕的还是那条龙，就在他背上——张牙舞爪，跃跃欲试，简直像真的一样。

据说这是电影院隔壁钟表铺子王眼镜的杰作。

王眼镜说自己修理钟表只能排第二，刺青才是第一。对于青龙这件作品，王眼镜自我评价为“呕心沥血的精品”。文完这条龙，王眼镜将手里的钢针一扔，说：“老子再也搞不出比这更成器的花样了。”

难怪青龙天天都背着它。光着膀子，庞大的四肢支着他高大的身躯，飞快地穿过我们的视线。

等他走出去好远，苟三才盯着我问："你倒是说说，他怎么老是不穿衣服？"

海棠麻子抬手给了他一蹦蹬：

"蠢货，这是为了让你好好欣赏那条龙。"

我们经常去看下午场的原因是，票价比晚上便宜多了，才八角钱。治安员这时常常躲在值班室睡觉，影厅里只有稀稀拉拉的一二十个人。你在里面怎么胡闹都行，没人管。

这时青龙便开始行动了，弯着腰，脑袋低垂，一对眼睛来回搜寻。我们都知道他在找什么，跟海棠一样，他也在找"香气"。

有一次我见到他一整场缠着一个纺织厂的女工，还把手从背后伸进她后背。一同结伴来的其余几个女孩儿吓得一句话也说不出来。

他经常这样，见到年轻女伢，就带着一帮人凑过去，或是跟着一帮人跑到女伢那里，嬉皮笑脸、动手动脚的。

青龙每次在电影院都要讲同一个笑话，用他刻意又夸张的大嗓门，像个讨嫌的扩音器。我都听烦了。他说的是，他跟四五个人围住了一个女孩，他只是下手稍稍慢了一点，就没有搞头了。“妈哟！老子一摸，是手爪子；再一摸，还是手爪子；全鸡巴是手！”然后他就自己哈哈笑。

最开始我也笑。

听多了，真恨不得有人起身给他一嘴巴子。当然，这种情况从未发生过。

电影院毫无疑问是整个城关最复杂的地方，什么人都有。

青龙总是一个人来。但他认识每一个来看电影的混混，南门的，北门的，西门的，东门的。每次来一帮人，他就主动凑过去，很快他们就成了一伙，他跟着这些人一齐在影院里尖叫，吐烟圈，戏弄女孩儿。等到电影散场，他就只剩下自己一个人。

有次电影散场后，他不知从哪里搞到一副奶罩，挽在手臂上，招摇过市。惹得路人一阵好笑。

摆书摊的春花婶乐得咯咯笑，冲他说：“你安错地方了，应该绑在头上。”

他于是就把带子扯下来，绑在头上，“看我像不像佐罗？”

“像！”春花婶大声说，“像猪猡。”

他“嘎”地笑了，顶着奶罩飞跑起来。

他就喜欢出这样的风头。虽然我不理解这种乐趣从何而来。

我问过青树。

青树说："他狗日是个神经病。"

接着又补充，"他脑壳有问题，铜的。"

可是我没看出来青龙脑壳有问题呀，除了讨嫌一点，他看起来还是蛮正常的。

青树是青龙的弟弟，跟我是同学，他留了一级，于是就跟我同班了。

青龙五大三粗的，健硕得像头牛，可是青树真就像一棵树，只不过是瘦弱的、单细的、发育不全的树。

老实说，他们两兄弟真不像亲生的。

"我的悲剧是，"青树罕见地使用了一个对他来说有点高级的词：悲剧——"那个狗日的把我应该得的那份营养都占了。"他总是称自己哥哥为"狗日的"，我总觉得这话哪里不对，不很恰当。但青树说的"悲剧"并没错。青树妈生了第一个儿子，让她大病一场；生完第二个，直接就把她的命都报销了。

青龙占的不仅是他母亲身体里的养分，他占的空间也多，两兄弟睡一张床，他一抻脚就把青树蹬下去了。

在县机床厂上三班倒的老子，每次给青树在碗柜里留的小葱炒鸡蛋，都会被青龙提前处理掉。"妈的！舔得比老子洗的还干净。"两兄弟隔了八岁，吃亏的总是弟弟。青树很恼火。

青龙隔几天就抽他一次，用自己的军用皮带。

青树很犟，死活不求饶，“狗日的，你要么就打死我！”

青龙说：“啊呀！你个狗日的，老子弄不死你？！”

但是，随后就把手里的皮带放下来了。

有一次我在电影院门口看见青龙把青树赶得满街跑，边追边骂：“小狗日的，害了我妈还不够，还想害我呀！”

我想，青龙大概一直认为，自己的弟弟是杀害母亲的凶手。

其实，只要不打架，两兄弟并不全是水火不容。父亲不在家，他们一个生火，一个下面；一个洗碗，一个洗衣。偶尔，两兄弟还一起去县河钓鱼，去东湖摸龙虾，到汉北河去掏螃蟹。黄昏后，他们一前一后回家了，一个高壮的身影后，尾随一道瘦弱的影子。

只是我搞不懂的是，青树有这么一个强横的亲哥哥，自己却常常被人揍得鼻青脸肿的。

我也从未听到青树挨打后说要去找青龙来帮忙。

青树在学校闹出过大新闻，有一次他英语考了负2分。

后来我们打听到，他是照抄了同桌陈晓艳的卷子。陈晓艳一道题没对，得了个鸡蛋。但他的不幸在于，陈晓燕把C写反了，他就跟着——抄反了。“你连抄都不会，还能干点啥？”英语老师一怒之下用红笔圈了个“-2”分。

青树被开除了。

但他被开除的原因却不是因为这个负 2 分，而是上班主任的课他迟到了十分钟。

他在门口抖抖索索的，不敢进来。

班主任冲出教室对他说：“你干脆还站远一些！”

他真的往后退，一直退到操场上去了。

班主任回来上课，上着上着忍不住又冲出去，吼道：“你干脆玩到下节课再回来。”

他就真的在外面待到这节课上完，才慢腾腾地回来。

不得不说，尽管青树常常瞧不起青龙，但这方面，青树跟他哥哥倒是真没什么两样：两兄弟都是读到初一就被开除；而且，他的脑壳真的是用铜铸的。

青树退学后，总见不到人，倒是青龙，常常要碰到。

有一阵，大家都不是那么热衷于电影院了。因为东湖的工人俱乐部新开了一家舞厅，天天都是满堂。舞厅背后呢，又新修了一个溜冰场，城关的青皮膙子找到了新的耍事，一窝蜂去那里赶场。

溜冰场也是我最爱去的地方，又是我最畏惧的地方，每次到那儿，我的脚杆总要打抖。

电影院里，灯一熄，谁都看不见谁，但溜冰场很亮堂，四周高悬炽烈的射灯，比白天更亮。溜冰场又太小了，比电影院小多了。各种坏小子都来齐了，个个叼着烟，沿着冰场分成一堆一堆地窝着，怎么看都觉得危险丛生。

溜冰场完全取代电影院，成了打群架最多的地方。

每天我都能瞧见有几场架要打，总有人捂着滴血的脑壳，被几个人簇拥着朝一湖之隔的人民医院疾走。每晚散场时，地上总能捡到砍刀、匕首，还有挎包，里面往往装着半块砖头。

青龙也在这里混，像他这种人，哪里有香气就往哪里跑。

再说他不担心打架这事，他那块头，放在俱乐部的操场上，就是一块碑。他从来都是一个人来，但不管哪一帮人，他都挤得进去，说上几句客套话，别人对他也很和气。

他大马金刀地坐在溜冰场门口，跟每一个坐在他边上的拐子们吹龙门阵。当然，他更喜欢找姑娘们谈心。他一会儿吹那年在东湖打七个，一会儿拉着别人的手摸他头上的一道白痕，说这是在北门打群架时留下的纪念。

他的确认识城里每个坏小子，但他身边没一个朋友。这是件很奇怪的事儿。

这一晚我在溜冰场外面见到青树了，他跟沿河街的几个混混一走一晃的。

我正准备抬手跟他打招呼，突然就从黑处蹿出几个黑影，手里举着从孝子里五金市场买来的那种小斧头和小菜刀，还有人拎着军用皮带和自行车链条，冲上去就是一阵猛砍。

我赶紧闭上嘴。

几秒钟后，青树就被踹到地上，捂着头，夹着裆，任他们捶。

路灯下可以看到，这是南门的毛三兄弟。

突然我远远看到青龙光着膀子，从俱乐部那头施施然走来。

我心跳得厉害，急得很，快呀！我想，这下青树有救了。我远远躲在暗处，忍不住扯着喉咙吼了一声："快，青树在挨打呀！"

青龙疑惑地停下步子，朝打架的方向——不到二十米远的躺在地上的青树瞄了几眼，做了一个我永远想不到的动作——他猛然转身，跑了。

海棠麻子也看见了这一幕，把手搭在我肩膀上，怪声怪气地。

"你妈的，白长了一副好架势儿！"

青龙不可能有哪怕一个朋友了。

他依旧出来晃，觍着脸想凑近人堆，每回都被驱赶出来。他现在成了一块臭豆腐。

连个子只够到他肩头的短毛，也能跳起来给他后脑勺一家伙。青龙摸摸自己的后脑勺，咧嘴傻笑，“哥，我的短毛哥！”

谁都可以给他一家伙，他从不反抗。

一旦有人要对他下手，他就跑。他跑起来的姿势很带劲，很凛冽，就像一个专业的短跑健将。

有一次我见到青龙在孝子里奋力地奔逃，我还以为怎么了呢，仔细一看，身后追他的是一群拿着砖头的小屁孩，跟我般长般大。我确实想不通，这么一条大汉，为什么人人都可以欺负他，他就从来不还个手呢？

有一段时间，青龙也不怎么跑了。

因为只要是有人整了他，青树就带着人去赴东门。为了青龙，青树脑壳被钢鞭打破过两次，手臂上被菜刀砍了好几道口子。

青树还不到十五岁，就已经成了城关有名的拐子了。这个消息是海棠麻子告诉我的。“青树这家伙，心黑，敢下手。再过三五年，绝对是城关的这个。”他伸出大拇指。

可是我分不清海棠的态度，不知道究竟是在夸他，还是嘘他。

青树跟我一直很要好。

有时他路过胜利二路，就来家里找我。每回都给我带些东西，有时是一盒烟，有时是副食，有时是粮票。有次，竟然神秘兮兮地塞给了我两块沉甸甸的东西：袁大头。

那两块银圆我拿出来耍时，不小心被父亲发现了，他拎着我的耳朵，把我吊在树上用条子抽了一顿。他非说我是跟人一起去偷的。他气呼呼的，“前几天晚上，缫丝厂的保险柜被人撬了，这肯定有你吧！”

我无论怎么说他都不信。

他把银圆收了。再后来，他压根就不提这件事儿了。

我好久没见过青树了。

几年后，有天我在南湖菜市场突然遇见了青龙。我想避开他，他却径直朝我走来。

他悲伤地看着我：“你是青树的朋友吧？青树死了。”

“啊！”

我不信。

“真的，他死了。”青龙说，“青树在棉纺厂撬柜子，被抓到了。”

“那也不会死呀？”我说。

“你晓得啵，那里面有两万块呀！”青龙伸开大大的五指。

“他本来只判了个无期，还能保住命的，”他说，“判都准备判了，但是又被连案供出来，他还在什么地方搞了一箱子银圆。”

青龙说着就流下泪来。“你说他蠢啵？狗日的把银圆全部送人了。他去孝子里找银匠问，别人唬他，说银圆都是假的。你说他死得冤不冤呀，那个蠢猪！”

回家后我问父亲：“我的那两块银圆呢？”

“什么鸡巴银圆？！”他龇着牙，往嗓子里灌进一大口老白干，放下杯子，手掌高高举起，“老子一巴掌抡死你！”

我不相信青龙，他的话没一句是真的。但是呢，我也真的没再见过青树，其他人也不知道青树去了哪儿。关于他的消息很多，但我觉得没一条是真的。

没多久，青龙结婚了，找了个寡妇，说是比他只大几岁，但站在他旁边简直就像他的老姨，额头上满是痛苦的皱纹，眼神凶悍凛凛。我常常在电影院门口看到她，守着自己的甘蔗摊坐在街边，怀里抱着娃儿。在熙熙攘攘的广场上，伸手掏出硕大的奶子，一把塞进哭号的娃娃嘴里。

这妇女真是烈呢，动不动甩手就给青龙一耳光，响声嘹亮。

我在鸿渐大道总能瞧见他。

只要有人吆喝一声，青龙马上从地上跳起，以那种矫健的步姿，撒欢似的在街上跑，敞着光膀子，脖子上搭一条油黑的汗巾，那双粗壮的大手紧握车把儿，跑得比拖拉机还快。

青龙成了拖板车儿的。

拣时光

在我们那条街上，称得上人物的不少。比如粮校刘副校长，有文化。刘黑皮，归国华侨，家里成天车水马龙。坐了十年牢的尚登，县里第一个注册个体户。连城关的镇长也住这条街上。对这些人，街坊都很尊重，但多多少少是尊重他们的身份。只有老茧，我们尊重的是他这个人，他没有身份。当然，也许他可以归为“老师”这一类。

每周六，是老茧授课的时间。通常是下午两点半至黄昏。我们如果要去旁观的话，就得磨皮擦痒地等他从悠长的午睡中醒来。后来我们变聪明了，提前去给他打下手，帮着给炉子上煤，打水，把那尊练功的木头人扛到院坝里，再小心翼翼地捧出那套天青色的盖碗茶具。当老茧披着绸缎短打从卧室出来，沿着墙根的鸡冠花撒上一泡尿，就意味着——马上要开课啦。

不过，老茧这个老师只教一样东西，就是怎么合理地将陌生人身上的东西夹出来，安全地放进自己口袋。

老茧是扒手。

但没人这么称呼过他，至少这条街上没有，从来没有。街坊一般叫他“老茧”。如果叫他“茧师傅”，那指定是有事要找上他了。我们这些孩子，还有那些青皮晃晃，则称他为“魔术师”。因为他那混账的手指就像具有某种神力一样，瞬间就能把你身上的东西变到他手上来，他有这个本事。当然，有关他的一切几乎都是传说，而传说中的很多部分，都是从海棠麻子嘴缝里漏出来的。

海棠麻子常常高举大拇指，“在城关，老茧是这一行里的这个！”

我们为这条街上拥有这样的人物感到骄傲。

城关派出所的王大毛，有一次喝醉了说：“狗日的老茧，你的手是用特殊材料做的！”

我常常偷看老茧的手指，细长、柔软，白皙得近似于透明。这条街上我没见过哪个女人的手指比他的秀气。

王大毛经常来我们街上活动，多半不是为了什么公务，而是找老茧喝酒的。一个是扒手，一个是警察，称兄道弟，不醉不归。也只有老茧这样的人物才配拥有这样的友谊。

关于王大毛和老茧，有一个故事。

王大毛刚从乡镇调到城关派出所，就找上门来，盯着老茧说："都说你喜欢明着扒？"

"有时是。"老茧回答得很谨慎。

王大毛鄙夷地瞧着他，如同看着一个最好笑的笑话，"来吧，看看我身上有什么可拿的。"

老茧推托了一会儿，王大毛当然不干，谁都瞧出来了，他是带了宝塔来镇河妖的。后来老茧表示，自己可以玩一个小把戏来补偿。

他让王大毛将手铐放在一张纸上，然后请他用自己的圆珠笔描一下手铐的轮廓。海棠他们一些人也聚集在周围。王大毛不知他要干吗，但还是把腰间的手铐取下来，从上衣口袋上取出笔，可是，他准备描的时候愣住了，"妈的！"这时老茧手里拿着一个细长的东西：是他的笔芯。

我是如此喜欢这个故事，因为这不仅仅只是故事。

一到周六，我们都抢着去听老茧讲课。

他讲课比我任何一个老师都要生动。再说，他教的东西，的确比我在教室里学的那些要有趣多了。他还编撰了一套三字诀："心要稳，眼要冷，手要勤，脚不停……"应该说，他教课是很有趣的。

老茧并不特别反感我们旁听，除非你多嘴多舌。那样他不喜欢。不过他的徒弟不怎么固定，有时是四个，有时三个，总之是越来越少，最后只剩下一个，就是他儿子——小茧子。

就连花鼓剧团旁边说书的瞎子九爹都瞧出来了，“老茧对儿子是有想法的。”

“他要是把儿子教出来了，咱们这条街上又可安生十几年。”我婆婆这样说。

胜利二路夹在城关中央，像个丰满的核桃，四周都是繁茂市井，但据说街坊们多年没人丢过钱包。

“你哪怕是被掏走了，第二天——至多不过三天，那个钱包也会乖乖地回来，就像长了眼，还生着腿一样。老茧就是包长，全城关的钱包都归他管！”海棠麻子说完后往往要再加上一句，“除非汉正街生蚊子！”

这是街坊们乘凉时经常讨论的一个话题。据说省城的汉正街，那儿人山人海，脏得不行，却一只蚊子都见不到，而且从来没人说得出原因。只能说这世上出奇的事儿太多了。

可要让儿子也像老茧那样能干，显然是蛮困难的。

苟三嘟哝着：“这小狗日的明显没那个上进心嘛！”

他发牢骚是可以理解的。两年前他鼓捣着要拜老茧为师，被老茧拒绝了。

“我这门手艺，从来都是师傅找徒弟，绝对没有徒弟找师傅的。几百年都是这样。”老茧一脸和气，“再说，你老头还是土华侨呢，你犯不上。”

他对黑皮说得可就直接多了。“不是我不教你，而是我教不出来呀，你太钝了。”随后抚摸墩子短粗的指关节，“你也不行，先决条件不够。”又摇摇头，“不够！”

无论如何，他不收这条街上的娃子做徒弟，除了小茧子，那是他自个儿的儿子，谁也没话可说。当然，即便看他教儿子也是很喜剧的一件事。每当小茧子夹不起肥皂，我们就都很幸灾乐祸，一阵哄笑。

其实这活儿我们也练过。接一盆水，把家里的肥皂剪成一片一片扔在里面，龇着牙往水里夹。新鲜劲很快就过了，这种游戏压根就不好玩。

老茧对自己的职业有个好玩的说法：“拣时光。”街坊们挺喜欢这个词，撞见他出门总会搭个白：“老茧，出去拣时光呀？”要不就是，“老茧，今天的时光么样呀？”

“嗯哪！托您的福。”

答话时，老茧会收住脚，上身稍倾，这是一种很礼貌的姿态。毫无疑问，他是非常讲究的人。

我对这个说法很好奇。几次我差点问老茧："为什么要叫拣时光呀？"

当然，我从没问过。

对于我们来说，老茧是一个谜。包括他的手艺何来，也是。

有人说，老茧小时候遇见一个老乞丐，给他端了一碗热饭，那个老乞是个深藏不露的神人，念他这个好，就把这门神奇的手艺传给他了。

这个说法很流行。

据说有人问老茧这事儿是不是真的，老茧说："你说真就是真，说假就假。"

哎，这算什么，跟瞎子九爹一样，云遮雾罩，"父在母先亡"——你随便在哪儿加个逗号，意思就全变了。

海棠总是知道得更多。他说，老茧九岁时走丢了，被一帮乞丐捡到，学了几手三脚猫功夫。几年后因扒窃被抓，在牢里遇见一个高人，从此习得了绝世奇艺。

这个说法隐隐具有某种权威性。因为海棠算是街上跟老茧走得最近的人。在制药厂之前，他跟了一段货车，常帮老茧寄信，跟车走到哪个城市，就顺便帮老茧把一些驾照、工作证那些东西找个邮局寄走。

“日了鬼哟，”我们哗然，“整这么麻烦干吗？”

“这你们就不懂了。”海棠很神秘。

其实我猜海棠也未必就一定比我们更清楚。

“我跟你们一般大那会儿……”海棠说起老茧，总是这样起头，然后，一个我们从未见过的老茧的形象出现在起伏不定的话语里。

“我是亲眼见过的，”海棠手臂一挥，“那年，他们扒协搞的比武大赛，外地扒手来了几十个，先是文比，什么是文比？……对对，荀三说对了！就是比指力、比眼力。老茧一上场就把他们全镇住了，噢嚯！一块石子儿，两个指头这么一捻，石头就粉了！”

“跟着就是比盗铃。”海棠说，“盗铃你们知道噻！就是木头人上挂铃铛，然后取钱。有个扒手真厉害呀，过了十三个铃铛！十三个呀！可是……你猜老茧过了多少铃铛？”

“五十个？”我赶大了说。

海棠白了我一眼。

“屁！你没听过瞎子九爹讲过吗？当年侠飞也才到四十八个。五十个？做梦吧。”他接着说，“老茧干得漂亮，三十三个！第一！”

“那么武比呢？”虽然这故事我们听了十七八遍，但每回讲起，就觉得热血沸腾，巴望这故事更长一些，最好永远不要结束。

“什么武比？行话叫路考！”海棠不满地说，“都跟你说多少遍了，总记不住。”

其实大家都记得，是故意讨好他呢。关于那次路考我听了至少二十三遍啦。几十个扒手分成几组，分别上了几辆车，老茧这一队当然拿了头名。至于具体细节，海棠从来不说，我想这是因为他也没有亲眼见识过。但每回海棠摆起这件往事，就像是他自己赢得冠军一样。

老茧有时很像一个哲学家。

比如他谈到自己两次入狱的经历：“人不可能三次踏进同一条河流。”听起来很玄，其实意思就是不会再进去第三回。

比如老茧教训儿子。

“正确的习惯是人生的最大指导。记着，这是修罗说的。”

修罗是谁，大家都不知道。苟三说是一个诗人，海棠说是一个和尚，印度的。后来读中学我才发现，这话应该是休谟说的。

训练徒弟的手法时，他还说过这样的话：“记住了，你们眼前没有物体，只有运动。”

我敢肯定，这也是某位思想家的结晶。

某天，他儿子抱怨说：“我又不是天才！”老茧说：“什么天才，天才就是百分之九十九的汗水，再加上三个俯卧撑。”

再后来，我在一本小书上看到，这大概是篡改了爱迪生的原话。

实际上，据我所知老茧连小学都没读完。据海棠讲，老茧的知识是坐牢时得来的。这个说法容易让人信服。看来我们想要提高成绩，最好的方法不是去上学，而是去坐几年牢。何况老茧坐了两回呢！他比其他人学问高，这几乎是毋庸置疑的。

仅有一件事，就这件事，足够抵消我们对老茧全部的崇拜：这样一个人物，居然是个耙耳朵，怕老婆怕得要命！

有次，老茧教儿子做一个动作（当然是指导这个，他从不管儿子的家庭作业），死活都不得要领，他很焦躁，吼道：“蠢得像谭木匠家的磨盘。”一把将儿子倒提起来，一个迎风飘忽的瘦弱的幽灵挂在老槐枝丫上，飘来荡去，鼻涕眼泪掉一地。

这一幕恰好被他老婆看见，哇地扔下菜篮子冲过来，两个爪子像电扇一样，挥舞个不停。老茧瘦削的身影左躲右闪，就是不还手。被她逼到阴沟边，一失足，跌到黑黢黢臭烘烘的淤泥里啦！

就这样他老婆还不肯罢休，气咻咻地，“打儿子算什么能耐！狗东西，你是有病？”

“是啊，”老茧从阴沟里爬起来，浑身散发着一种浓郁的气息，伸出手说，“我要是病了，你该挽救我嘛。”

大伙儿一阵哄笑。

但这件难堪的事实是明摆在我们面前的。老茧虽然是这样一个了不起的人物，在那个庸俗的妇女面前竟然如同绵羊。这无论如何都让人难以接受。

海棠哀叹：“摊上这种女人，是老茧的不幸！”

我默默想，老茧应该把她像钱包一样放到别人口袋里去。

儿子上五年级时，老茧无事可干了。

因为儿子每天的作业都足够花两天来写，没有时间再学他的手艺活了。所以我们总是看见他坐在后门，伤感地凝视自己的手指。

海棠远远地盯着他，“老茧是心痒痒了。”

“老茧为什么不出门呀？”我说。

“懂个屁！”海棠白了我一眼，斜着身子，从栏杆上跳下。

说起来是有一段日子了，我们很少听到老茧去拣时光了。

“怎么搞的？”我追问道。

“唉，现在风气太败坏了。”海棠面色凝重，“老茧平生最瞧不起的就是硬扒，这样的扒手是越来越多，越来越不讲江湖规矩。那哪是偷？根本就是抢！”

“什么天窗、地道、平台、二夹皮，这些暗语都没几个扒手会说了，”他愤愤然，“现在很多妇女也是的，好生生的衣裳不穿，都穿的什么鬼打架嘛！”

毫无疑问，老茧最讲究的就是这个：技术。以前在训练儿子时，他总皱鼻子：“外衣口袋——不碰，那是白给。”

“白给为什么不要？”儿子反问。

“记住了，如果你是手艺人。”老茧说，“就得有手艺人的操守。”他说这话时眼睛有点发狠。

老实说，我们都不能理解。但海棠自有一番见解：“老茧追求的就是这个。”他伸出一只拇指，“艺术，你知道不？任何东西，你只要玩成精了，就是艺术。”

海棠很慎重地表态：“他是艺术家。”

什么是艺术我不懂，但老茧的确评价过自己的手艺。

比如他说：“世界上有各种各样的犯罪，但都不值得去犯，只有我们这一行，是最浪漫的。”说得好像他跟手指谈恋爱一样。

他常常情绪低落，因为觉得自己这门行业也许很多年后就没有了，有一次他说：“兴许，以后我们这些手艺人不用再上街，上台表演也是可以的。”

上台表演歌舞、诗歌朗诵，包括魔术，我都是见过的，但扒窃怎么表演呢？我想了很久，还是茫然而无答案。

我是这么崇敬老茧，我喜欢他上课时那种认真的神情，还有那些似懂非懂的词儿，跟我所认识的老师完全不同，他讲课让人迷醉。我甚至相信他是一位诗人，因为只有诗人才会那样说话：

“扒不仅仅是完成动作和目标，一个好的手艺人应该能够左右目标的情绪、感觉，甚至思想。”

“一个好的手艺人光凭手快是远远不够的，还需要学习气功，锻炼肢体，”老茧点了点自己的太阳穴，“还有思考，要多读书。”

如果老茧是我的老师该有多好。我想。

他在讲解如何进行团队合作的步骤后，又演示了一遍从口袋里取物——他的一只手插在儿子右边口袋里，另一只扶着儿子的肩轻轻朝左转，物品就顺势落入他的手心。

“看见没？”他说，“最好的方式不是取出来，而是让它自己跳进你的手心。”

“这是怎么办到的？”我们简直目瞪口呆。

“很简单，转移注意力。”他说，“注意力就像水，它是活的，流动的。你给它指条道，引着它走。你让它流向该去的地方。”

如果老茧是我的老师该有多好。我曾经无数次这样想。他给你演示的同时给你启迪，一个优秀的老师不该是这么的吗？

一个夏天，老茧去了外地，说是去了浙江。他老婆的大姐在那里做布匹批发。说起来，好像我们这条街上凡是没有工作的人都开始外出做买卖，又都是去做服装。总之，老茧的女人去帮了几天工，不知道用了什么法子，把老茧也带去了。

几年后等老茧回来，胜利二路变了天。

海棠说得对，现在扒手根本就不是一种手艺活，连障眼的道具都不需要了。就靠人多，四五个人围堵一个，也很少有人反抗，腰里的匕首把露着呢。

就是派出所来扫荡也没用。街上的落叶，黄昏时你扫了，第二天天黑前，绝不会比今天干净。

“这帮杂种，太猖獗了！”海棠说，“等着，等老茧回来，这群小耗子就要拍屁股跑了。”

现在，老茧回来了，我们在他脸上看不出任何讯息，好像压根就没看见这些事儿。

最失望的是海棠，见人就说：“这是什么世道？”

但老茧没让他失望，几天后，他开始下手了。他的方式很特别，扒手们偷，他就偷扒手。

有些扒手，连警察都拿他们没法，但却被老茧整惨了。辛辛苦苦忙一天，晚上盘存，赫然发现钱没了！那些人肯定以为撞鬼了，惶惶地闹了几天，撤了。

又过了几天，川老鼠不知怎么发生了内讧，在红星旅社的三楼房间，据说啤酒瓶砸碎了一屋，脑壳打破了好几个。那晚，卫生院的夜间门诊简直忙死了。

我们知道，这一定是源于老茧那神奇的手指。

但胜利二路还是清静不了，本地扒手还是一拨拨窜来窜去，一拨比一拨年轻。

我们想不通，老茧为什么不修理他们。

海棠解释：“老茧是给那不争气的徒子徒孙一个脸。他们懂得起的。”

但那帮崽子根本懂不起。

年关近了，他们打街打得更勤了。

老茧选择了一种古老但让我们兴奋的方式，他给几个扒手口袋里塞了纸条。

“那是战书。”海棠看起来兴奋极了，“他约那帮小狗日的在东湖比一场。请王大毛监考。如果他们能赢，胜利二路从此归他们。”

那天，扒手们如约到场，一个个嚣张地站在一排，叼着烟，吊儿郎当，可是怀里鼓囊囊的。

明摆着他们不是来比技术的，而是想来砍老茧的。要不是王大毛来得及时，老茧说不定就要吃大亏了。

“你要小心哦，”等到那几个黄毛不甘心地离开后，王大毛提醒老茧，“现在的伢们不是以前了，屁眼一圈都是黑的。你那套过时了。”

“过时了？你的意思是说，以后做手艺活是可以不讲规矩的喽？”老茧很生气。这是我头一回看见他为了儿子之外的事情生气。

“现在哪还有什么手艺活啊。算了算了，我跟你说不清白。”王大毛说，“总之听我一句劝，就莫去惹他们了。命都不要的崽。”

我很失望，这场表演赛根本还未开始就结束了。

大年初六，老茧在街口过早，一群人猛地从背后冲过来，提刀就砍。

“哎我的娘啊，血肉模糊啊，”烧腊馆的毛师傅目睹了现场，

“七八把刀，全部是一米多长的，”他有点语无伦次了，用手比画着刀的长短，“拥上去，就是一阵猛砍，几秒钟，就只几秒钟。”毛师傅哭着脸，“日他妈的，肠子都甩出来了，滑溜溜的，硬是塞都塞不回去嗳！”

老茧被送到了人民医院急诊室，海棠打探的消息是：“被砍了二十多刀，派出所带回去的那些刀刃，基本上都砍卷了。你们说，那帮狗日的心有多黑！”

过了两天，老茧醒了，但他的右手，他赖以为骄傲的那只优秀的艺术家的右手，手筋被彻底砍断了，一根小手指也只剩半截。

老茧没有报案，做笔录的警察一句话都没问到。他连嘴皮都没动一下。

那几天，海棠满以为老茧的那帮徒子徒孙会涌出来给他报仇，结果这种事情一直没有发生。他成天抱怨：“狗日的世道！”

那帮砍杀老茧的家伙还是被抓了。一共五个，关了一个多月，都出来了。

海棠更愤怒了，“只要有钱，杀人放火都可以买出来！”

“王大毛呢？”街坊们追问，“他怎么也不管管？”

“管个屁！”海棠说，那帮小子的后台，是拆迁公司的老板，分分钟就把事情抹平了。“王大毛未必没拿他们的好处？！我看他现在滑得很哟，一个小警察，又买房，又买车。钱从哪里来？”他哀叹，“这个社会只认钱，不认理，也不认感情了。”

缺了指头的老茧再也不扒了。

他自己的说法是：“戒了。”听起来就像在说“戒烟”或者“戒酒”，而不是一种职业，甚至是一门艺术。

老茧出院后，没有任何要赴东门的迹象。

这害得海棠白白为他担忧了很长一段时间。

更让我们想不通的是，老茧竟然开始去做一份正经事情，他在新建的服装市场租了两节柜台，跟老婆做起了布匹买卖。

没人知道那个成天跟大婶们为几块钱争得面红耳赤的老板曾经是扒手中的魔术师。我敢打赌，连那些袖着手钻来钻去的扒手们也未必知道，那个一脸木然的中年人，竟然是传说中的老茧。

老茧是越来越怕老婆了！一天到晚被支使，不是喊他打酱油，就是喊他去驮米。下午收摊后，他喜欢抱一本书躺在院子里，读着读着就睡着了。

老茧越来越胖了，脸巴都圆了。来找他的朋友越来越少，他的酒量倒是越来越大。跟当初的期望完全相反，他对读高中的儿子的警告是：“只要你不去当扒手，杀人放火我都不管。”

好多次，我们看见老茧一个人孤独地坐在后院喝酒。

偶尔，海棠去陪他坐坐，碰几杯。

每次陪老茧喝酒，自称海量的海棠总会喝醉。喝得麻麻焦焦的，在街上打转转，寻魂一样。

“哎，哎！”有一回他跟老茧在屋门后喝得摇摇摆摆的，抓住刚从鬼巷解手回来的我，眼睛直突突的，一双手像扳手钳着我的肩膀，撇撇嘴，一行唾液从嘴角漏出来。“哈，你看狗日的老茧，你看看，鲨鱼居然被水杀死啦！”

老茧冲我一笑，坐在落日的余晖里，悠闲地耍着手里的杯子，无论怎么翻滚，杯中酒丝毫不会溢流。

这就是手艺啊。

就像我曾经近距离瞧他演示过的技术，看见的——或者根本没看见的——那个过程令人印象深刻，他没有一个动作是多余的，他把胳膊放在某个地方绝不是偶然。显然，即使他不再运用他的手艺，也比我们更懂得自己的手指。就像他以前当着我们说过的，你们要爱你的手指，理解你的手指。所以，哪怕他的手指少了那么一截，他依然是一个出色的艺术家，而我们不是。

海棠大酒楼

从胜利二路出来，往右拐，下个坡，就是百花路。

这条街是全新的。之所以叫“百花路”，有人说，因为它旁边是塑料花厂。这个说法应该是可信的。在县城，再也找不到比塑料花厂更有名的单位了。听说它生产的塑料花曾经被摆在人民大会堂，最红火的时候，它有上万工人，来寻访取经的各地参观团络绎不绝。谁能想到呢，连它居然都塌火了。所以，起这么个名字，为了纪念它——或者它的辉煌——也是合乎情理的。

实际上，即便没有上述原因，“百花路”也是名副其实的。不知何时起，街面上忽然就多了几家发廊，很快，整条街都是了。一到晚上，这条街就像被谁点亮，透过玻璃窗，你可以看到一些浓脂艳粉的女孩儿，慵懒地挤在沙发上。她们普遍穿得比外面的女人少。所以当人说去百花路，就是另外一种意思了。

有个寻常的店就夹在这些发廊当中，但门楣上的招牌是这里唯一在晚上不会发亮的——海棠大酒楼。

要是你经过它，可能觉得有点怪异："海棠大酒楼"既没有厨师，也没有餐桌餐椅，它里面的布置倒是跟发廊一模一样，整面大镜子，梳妆台，长条人造革沙发。

其实它就是发廊。但说它是正规发廊，又没有理发师；你说它是隔壁的那种发廊，它里面也没有女人。

不过，所有这一切矛盾，才符合海棠这个人。

从记事起我就认识海棠了。

可以说，在他身上你很难找到什么优点。我估计，能让人有点好感的，恐怕也就只有他这个名字了。这几乎是一个悖论。一个生着三角眉、吊眼梢，长相那么市井的家伙，却有一个意境如此优美、花枝招展的名字。海棠复姓欧阳，如果你把他的姓和名连在一起的话，那种感觉就又变了——欧阳海棠。你听，虽然朗朗上口，还是押韵的，但既复杂又别扭。所以我们一般都叫他海棠。

他更通用的昵称是"麻子"。打小，街上的大人都这样称呼他：麻子；或者是：海棠麻子。这种排列显得很古怪，似乎海棠变成了一个复姓，而麻子才是他的大名。

“海棠大酒楼”是他下岗之后开的。

海棠为什么下岗，我不清楚。但既然那么大的塑料花厂说没就没了，那么多工人说不存在就不存在了，那么，他从制药厂下岗也是很正常的吧。

不过，海棠大酒楼起先真是酒楼，只不过寿命太短了，还不满一年，确切地说，只有七个多月。“熟人朋友就那么几个，一双手就数得过来！”苟三说，海棠太把自己当个人物了，他哪里想到自己其实屁都不是一个，“开馆子，要是没几个单位领导勾起，怎么开得走呢？”

据说，海棠的生意惨得啊！开了七个月酒楼，居然连白条子都没超过三张。在一个县城，一个酒楼要想成功，或者说首先要活下来，最重要的标志是什么，就是看你抽屉里有多少白条，条子摞起来有多厚。这说明，他完全没自己想象的那么吃得开，他的朋友更没他吹嘘的那么多。

酒楼死了，但房租缴了两年。

接下来的事，街上怕是没几人不晓得的了。海棠带着一屁股冒烟的债，四处游说，找人谈“合作”，用他的原话是：“共襄盛举。”

至于他的计划，说起来也不复杂，就是餐饮这个行业做不得了，有毒。但他在这个痛苦失败的过程里萌生了一个灵感：开发廊。

海棠的这个想法，起初并未得到太多共鸣，有人提醒他，前车可鉴：张嫚子是城关第一个开发廊的，当初搞得那么红火，还不是说端就端了，渣都没剩，还坐两年牢。

“那时是那时，她机遇不好，观念太超前。”海棠说，“但你们放眼量，今时不同往日了。”

总之，海棠的意思是，不是行业不好，而是张嫚子命不好。

“现在火候到了。”海棠胸有成竹，“听说，县领导在外面招商时，那些商人首先问的是，你们那儿有没有娱乐业？”

他又补充道：“没有娱乐业，那些投资商是不会来的，这是国际标准。”

苟三显然认同了这个判断，看他闪烁的眼睛，我就知道他被海棠说得动了心。话说回来，海棠还很少有说服不了他的时候。

但苟三仍然提了一个问题：“……你小姐从哪儿来呢？”

“嗯？”

海棠似乎也没想到这一点，思索半秒，“这个你不用担心……我有的是办法，只要你投钱，我就找得到。”

“你到哪里找？”

苟三非要搞清楚这个事情。

“哎呀，只要有钱就不是问题。”海棠手掌一挥。

“那好，”苟三说，“只要你搞到小姐，我就投钱给你。”

“没钱，我上哪儿找人去？”海棠气结，“真要是搞到了小姐，我阎王还会差你这个小鬼的？”

先找到钱还是先找到小姐，这可不是一个选择题，无论哪个都是难题。

但海棠决心之大，无论是谁都打消不了的。

他觉得，可能先找到小姐，会让自己的姿态更高，事业更主动一点。

海棠花了不少心思。

他在百花路的发廊店里给人免费帮工、跑腿、做饭，伺机打听那些女孩儿从哪儿来的。

这很难有结果的。不过，他也没特别失望。“不管怎么样么，还不是一种学习？”他这样向人们解释，“要干这个行业，就要摸清楚这个行业是怎么干的。”

海棠是有学习精神的。

他远比我们想象中的更加执着。

他再次调整自己的思路——他总在随时调整——这样找下

去始终不是办法，万一再找不到呢？因此，他决定，还是先去找钱。有钱能使鬼推磨啊，有钱，还愁买不到一个女的吗？

只是，街坊和他的朋友不约而同地采取了一种极为默契的姿态，尽量避免与海棠接触。

不得不说，在海棠身上吃过亏的人，简直太多了。

这方面他是有一整套的。

比如打麻将。一般来说，牌局上，往往是以某个人输光而止——当有人掏不出现钱的时候，牌局也没有意义了，赢钱的人就会以此为由，果断结束。保存胜利果实。

但如果海棠输光了，你根本看不出来。这方面他有经验，不像别人，输几个钱就抱怨不停。相反，他如果开始谈笑风生，说明他很可能兜里早就见底了——只是做这姿态，让你麻痹。你和了，他明明没钱可开了，但不告诉你，只说等一把，等我和一把再开，或说，我没散钱，凑整再开——就这么拖着，直到自己起死为生，这种情况也是有的。

街坊们自然是十分清楚海棠的。遭他路数的人不胜枚举，时间长了，都对他警惕了。但海棠还是有办法，如果手痒又没钱怎么办？他鬼点子比新华字典里的字还多。

有天，他在麻将馆又输了个精光，想赶本儿，没人借钱给他。这也是极正常的了。他就跑到同事火炬家。火炬正忙着给房子刷油漆呢。他不慌不忙，对火炬说："你的自行车借我一下，我要去乡下送点东西。"火炬哪有工夫细想，说你骑去吧，早点还来，我老婆上夜班要骑的。海棠口里应允着，跨上自行车，一溜烟就跑了。他跑哪儿去了呢？他骑了十几分钟，就回到胜利二路，找他另一个同事，成军。

他把自行车停在堂屋门口，掏出烟啪地弹出一支，点上。

成军问："嗬，在哪儿弄了一辆崭新的凤凰？"

海棠反问："要不要？"

成军老实巴交的，"偷的？"

海棠一脸正气："老子是偷鸡摸狗的人吗？我是晓得你的自行车前几天被人偷了，专门来关怀关怀你的。"

"反正你总是要去买新车的，一辆新车六七百，划不来啊，"他直截了当，"你看我这车，新崭崭的！这样吧，你给两百块钱，我把车押在这里，如果我晚上十二点钟还没来赎车的话，这车就是你的了。"

"万一你来赎呢？"

成军也变聪明了，晓得他是想去赶牌场。

"我来赎车的话，就给你二百五十块钱。"海棠说，"到点不来，老子这新车就是你的！"

海棠根本就不可能来取车，他又输光了。

第二天，火炬找到正在困觉的海棠，他眼睛一睁，装着十分委屈。“哎火炬，你说我有多霉！我从乡下回来，顺路在商场买了一块肥皂，几分钟，就他妈几分钟，车就不见了。害得老子找了整整一个通宵啊！”

后来，海棠老婆把刚领的生活津贴全数给了火炬，答应余下的欠款月底发工资再还。

再后来——其实也没几天——火炬就碰到成军骑着自己那辆自行车在厂区招摇过市。

这样的人，还有哪个会借钱给他？

不得不承认，现实有时充满魔力。

海棠自从公开宣称要找小姐开发廊之后，来找他的人突然多了起来。说白了，喜欢不劳而获的人确实太多了，差不多跟想着偷偷去找小姐的人一样多。再说，有的人确实想干这个事儿，但这事儿又不是随便哪个人都能出面干的。

那天，我看到信用社的杨红旗过来，拉着海棠摆龙门，绕了大半天，接连吸了三支烟，终于提到正事。

“兄弟，咱都是一条街上的。你要搞发廊，我是支持的。”杨红旗说，“你想嘛，那种地方我哪个月不去几回？要是我有个发廊，相当于是自己做自己的业务了，还省钱啊。客源，我也不愁。钱不是问题，问题是，你能不能找到几个漂亮小姐？最好能够几个月一换。”这方面杨红旗比海棠还内行。

“红旗哥，放心，我都考察好了，我同学的哥就是做这行的。不缺人，就缺你这个财神爷。”随后，海棠用他擅长的口才描绘出一幅春意盎然的美好蓝图，就差把那些不存在的小姐的体貌特征给创造出来了。

听着听着，杨红旗那张脸就肿胀起来了。兴奋啊！迷幻啊，心花怒放啊！

路子嘛，只要找总是有的。

海棠有个小学同学，他哥还真在河北做洗浴中心，只是，人家不可能把自己的小姐给他，但是，在电话里给他指引了一个方向：你要到山区去买。

原来小姐还可以买呀？

海棠第一次知道这事儿，有一种掮客，是他们走到一个又一个深山深处，带出一个又一个水灵灵的女孩，然后将她们送到一个个发廊老板手上。

海棠很快打听到了方向，制药厂一个临时工，姓李，从山区来的，不过被解聘了。

我们不知道海棠是如何联系上那个姓李的。但姓李的反馈回的消息让我们都震动了："要几个有几个。"

当晚，苟三找到海棠，对自己这段时间疏远朋友的行为做了一番深刻的忏悔，重点是，他还带了三千块钱。

"哥，就当是支持我，"苟三姿态很低，"赚了，你分我点。我不求多，骨头你吃，我就喝点汤。"

"亏了呢？"海棠乜着眼。

"亏了，"苟三咬牙道，"我也不怪你，就当是打个水漂。活该我从来就没这个钱。"

"痴子！说什么胡话呀！"海棠将这沓钞票塞进口袋，"怎么可能打水漂？我告诉你，你以后别的事都不用干了，因为你没时间干别的，数钞票就要把你数得手抽筋。"

"真的？"苟三的脸红亮起来。

"假不了，"海棠拍拍他的肩，"好好等着吧。"

很快，海棠踌躇满志地出发了。身上揣着杨红旗预支的四千块，还有慷慨赠予的一个 BP 机，苟三的股本，以及火炬攒了半年的六百块私房钱。

按海棠的吩咐，苟三负责海棠大酒楼的重新修缮。从旧货市场拖来梳妆台，一张七成新的人造革沙发；自己带人去安了一面玻璃镜子；把家里锅碗瓢盆，甚至结婚时买的那台彩电也一并运过去了。

第四天，正打瞌睡的苟三接到他的电话，顿时就站了起来。

这是一个激动人心的消息："找到了。"

然而，海棠不知为何又拖拉了五天。这也让我们这些充满期待的看客隐隐有些失望。

又过两天，海棠终于回来了。

我也见到了那两个女孩：很年轻，十六七八岁的样子。个头矮的那个女孩，身材也瘦，但长相好看；另一个高个子，比较丰满，长相没矮的俏。不过，这足够让我们啧啧惊叹了。

同行还有另外三个人，说是小李和小李的哥嫂。人就是这对夫妇弄来的。听说，海棠在那边费了不少周折，带的钱差不多用光了。他们跟着过来，是因为还不能交人给海棠，要先拿到中介费才行。

杨红旗特地从单位请假出来瞅了几眼，对这两个女孩他很满意。就算海棠此行把钱用光了，也并未责问。

杨红旗当场承诺，我再给你五千——赶紧开张，明天就开张。

一小时后，海棠就收到了这笔增加的投资。

付中介费的时候，他的表情是很复杂的，手是迟疑的，心痛啊。不过，转过身，面对我们，他的神色就变了。他整个人都是亮晃晃的。

那天，我站在神气扬扬的海棠身后，有些不敢相信。狗日的海棠，海棠啊，你马上就要发财了吧？

直到第二天我才知道发生了什么。

拿到中介费，带人过来的小李跟哥嫂就走了；没过半小时，那两个女孩也跑了。

就在海棠当晚举办的庆功宴上，两个女孩说去上个厕所，人就不见了。

听说，一辆面的在街角将她们载走了。

急火攻心的海棠居然转身就跑到派出所报案去了，幸好，警察也没找到。

“要不然，”烧腊馆的毛师傅告诉我们，“海棠就得先被关起来！”

毛师傅说得摇头叹气，“狗日的海棠，你说他平常看起来多聪明的一个人，怎么关键时刻，脑子就打结呢？”

“不消说，海棠肯定是被别人放了飞机，”苟三恨恨的，“这头猪！”

鸡飞蛋打啊。

经过这一遭，在街上我很少见到海棠了。

他的海棠大酒楼，一直空着。

倒是杨红旗，我常常看到他黄昏后过来，铁青着一张脸，背着手在海棠屋门口打转。

他是找海棠来讨钱呢。

后来我知道，海棠并没跑路，就算遭受了这么重大的打击，他还是没死心。

关于这件事，是苟三告诉我们的。

苟三在制药厂宿舍里找到了昏睡的海棠。钱，当然是还不出来的。

我不知道海棠是怎么说服他的，反正，他不光没要回本钱，反而又从老娘手上抠出了一千块钱，给了海棠。

“海棠这狗日的说，小姐没了，但海棠大酒楼不还在吗？现成的店面，应有尽有，房租还有大半年，只差一两个小姐就能开张了……”

总之，苟三跟着海棠偷偷去了一趟“花街”。那是跟临县交界的一个地方，国道边。

听说，花街很长，两边全是餐馆，沿着国道，至少延绵两三里。每家餐馆门口，都有挥着手帕招徕顾客的妇女。

他们看准了一家野味餐厅，女孩多，有十多个；年纪也小。

不像前几家，哪还是姑娘，明明都四十出头了。

进了包房，海棠精心选了两个长相稍好的。不一会儿就上菜了，比看守所的牢饭不会强到哪里，水煮盐漂，无法下口。

当然，这地方，吃喝都是幌子，重点还是那个事。两个人菜没吃上几口，就拉着姑娘出了餐馆，在后院，大概搭了四五间简易板房，房间很小，不到十平方米。

苟三呢，很快就结束了。但海棠不为那事来，他是来给小姐做思想工作的。实话说，他穿着借来的西服，装成一个大款，不是想嫖，其实是想从这儿“撬”小姐的。自然，他许诺的条件也是她们所不能抗拒的。

小姐到底有没有答允，不得而知。但大家都知道的是，海棠的命太不好了。他跟那姑娘躺在床上商量今后事业的时候，临检的警察踹开了那扇脆弱的木板门。

这一次，他终于彻头彻尾地成了街上的一个笑话。

苟三长叹一声：

“这个杂种海棠，简直他妈的就是一个灾星啊。”

海棠不是第一次进派出所，但绝对是第一次关那么久。

以前进去，无非是赌个钱被治安拘留，拿钱就可以走人。但这是在外县，况且嫖娼跟打麻将性质还是有差别的。

海棠对自己在那里度过的三十天囚禁生活一直守口如瓶。这不大符合他夸夸其谈的做派。以往哪怕就被关了十分钟，出来以后他都要把号子里的故事吹得有盐有味的。但这次，他居然只字不提。所以，我们几乎无从猜测，他是怎样度过那些绝望日子的。

可以想象的是，海棠被整得很惨。

苟三命好，危难之际，还有个老娘去搭救，在被关三天后，缴了罚款就离开了。

海棠的老婆压根就没想弄他出来。

“让这狗日的在里面待个够！”她恨恨地说完，转身就回了娘家。

海棠到底是怎么出来的呢？

关三十天后，不知他使了什么伎俩，居然说服了看守的警察，跟着他回了一趟城关，找了好几个亲戚借钱。当然，都没借。后来，他去一个只见过一次的鸽友家，鬼使神差，人家也不知为何起了这么大的怜悯之心，居然借给他了。交付罚金，警察就走了。据说给打了个五折。

这确实太符合他了。不过，不管怎样，海棠也真是臭得可以了。

我最后一次看到海棠，是过小年。

他蹲在鬼巷的巷口，前面是喜气洋洋的人流，背后是臭气熏天的公共厕所。不知他是在等谁。我想不可能有谁愿意来见他的。快过年了，人人都忙啊。

看到我，他耷拉的眼皮翻了一下。

作为回应，我冲他笑了。

几个月不见，他还是那么熟悉，但也很陌生。说熟悉，还是那副颜色，那副一脸茫然又无所谓的表情。还是那身水货皮尔卡丹西装，从夏天到现在一直穿着。说陌生，那就是他的沉默，一言不发，虽然离得那么近，但是我感觉跟他之间离得很遥远，不知道他心里究竟在想什么。

他不说话，我也没问什么，径直从他面前走了过去，就像穿过一个若有若无的影子。

两天后，我知道他在巷口等的是谁了。是火鸡。

火鸡当然不是真的火鸡，只是他的诨号。这个家伙比海棠还好赌，比荀三翻脸还快，比我认识的所有人都穷，也更奸诈。海棠向来是最瞧不上火鸡的，当他约火鸡见面，说明他已经无路可走。他突破了自己的底线。

火鸡是没有底线的。

他提供了两颗假骰子。海棠呢，别了一把菜刀，闯到制药厂经理家，大吵大闹，要经理补足自己下岗应得的买断钱。警察很快到了，但经理没让警察带走他，还给了他一千块钱。这钱被他拿作赌本，两人带着假骰子到赌场，还是输了。

“怎么可能不输？”苟三是知道内幕的，“海棠去的场子，是周家弟兄的，玩假，谁玩得过这家两兄弟？”

只能说，海棠真的太霉了。

看起来他再也出不了头了。

每天上学放学，我都要路过“海棠大酒楼”。

好长一段时间，那个店子都是沉寂的。起初，透过玻璃窗还能看到店内的物件，后来，玻璃上的灰尘越覆越厚，也就根本看不清什么了。

那块招牌就像我最后一次见到的海棠的脸，晦暗，毫无神采。

我复读了一年，这个夏天过后，上高中了。开始寄宿，回家是越来越少，街上的邻居也越来越稀落，我们那条街开始改造了。到处挖得坑坑洼洼，石灰和水泥流淌一地。

我开始憎恶这个地方，但我说不清这是为什么。也许仅仅是它比其他地方更脏，更杂，更破旧吧。

至于海棠，听妈妈说，她倒是见过他一次，在城南加油站附近，当时海棠在一个工地上——他在工地上值夜。

“不可能吧？”我不相信，“那是七老八十的孤老才干的活儿。”

“还不是没有办法喔！”妈妈叹气，“可怜！”

隔了一段，听说海棠又消失了，讨债的人一直都找不到他。说他去了东莞，在那儿当鸡头呢。

再后来，有人从外面回来，说海棠不在东莞，在云南边境。他跟着一个“驼子”混。

“驼子”，也就是专门带货的人，把海洛因从缅甸带过境。

说是，海棠开先在缅甸的一个赌场打工，他的工作就是赌博，但输赢跟他毫不相干。每天发他一些筹码，当“群众演员”，就是媒子，凑个人气。他应该是在那里结识了什么人。据说，只有获得绝对的信任，才可能让他当“驼子”；只有当“驼子”，才有可能发财。

应当说，在那儿有很多人都从事这类的营生。有人只干一笔，就够了；有的人只干了一笔，却丢了性命。

啊，海棠啊！

他就是那个后者。

一种说法是，海棠是过了边境被抓住的，投到监狱，没几天就枪毙了。也有另一种说法，他安全地过了边境，摆脱了身后监视他的同伴，带着这批货消失了，一帮人在各地追踪他，随时准备绞杀他。

不管哪一种说法更接近真实，但是，海棠……真的，再也不会回来了。大家嘴里虽然都不愿意承认，但确实没人再见过他。人人心里都知道，他去了哪儿。

说起来，我第一次见到海棠这种植物，是很多很多年后了。

那是在重庆的南山植物园，走着走着，路边忽然看到一个标签：海棠花。我怔了一秒，接着，我凝视着这种花，那盛放的姿态，那鲜红的蕊心，盯看得久了，仿佛面对的是一只瞳孔，很深邃，里面有一种妖媚的力量，有一种看不见底的空洞。

我对着花朵沉默了许久，怎么也无法把它和海棠那个老朋友联系起来。

温柔的时刻

家里最先醒来的人总是婆婆,其次是父亲、妈妈,最后是我。

这天也不例外。不过，这次我不是被她们揪着耳朵扯起来的，也不是被吵骂惊醒的。总之，我一醒来就会听到吵闹，可以是为了任何一件事情。要是婆婆从公共厕所打扫回来，妈妈仍躺在床上，就会被咒“懒得屙血”；有时是妈妈埋怨父亲没有帮她干点力气活，比如搬个麻袋什么的。

妈妈现在弄了个书摊。每天要把那些用蛇皮袋装好的书搬出去，拿板车拖到文化市场，晚上再拖回来。搬运这件事，光靠她一个人还是很困难。

从棉纺厂下岗后，她跟婆婆做了一段熟食摊。很不成功。她们做的那些菜连我都咽不下口。后来她们又开起了旅社，这个营生显然并不需要两个女人，至少不值得两个人都守着，从而浪费整个白天，要不如何解释她们每天都吵来吵去？吵架这事吧，有时根本没有原因。她们习惯了，所以我也习惯了。我会躺在吼声里继续做梦。可妈妈即便在吵闹中也不忘突然扯掉我的被子，喝令我立即起床。

但我不是被吵醒的，我觉得是身体里有一根弦把我拨响了。

当然她们也在吵。这次，是为带在路上的几个白水蛋。

我妈煮是煮了，好像数字不对，被婆婆狠狠地咒骂："你说你是不是蠢得冒烟！煮三个，你说哪个吃，哪个不吃？"妈妈在她面前总是矮半截，吵是吵，但不大敢真的跟她对骂。

"你们一人一个，我又不吃！"

婆婆更气了。

"我吃？你哪回看我吃过你的蛋！啊！"

她们争吵时，父亲耷拉着肩膀，坐在厨房口的小板凳上，专心致志地掰拾他的单波段收音机，迎春牌的。那个东西时好时坏，所以他成天拿把螺丝刀，拆开捣弄半天，有时能行，有时又不行。于是他总是这样撬来撬去，一直到收音机各种零件和螺丝滚得到处都是，最后，总只剩下一个壳壳、一块主板。这个收音机大概也好不了了。我一边想一边端着搪瓷碗来到后门梯槛上，对着火红的鸡冠花，边撒尿，边刷牙。院子里原来有一只大公鸡，现在它死了，被我们吃进了肚子。还有两只下蛋的母鸡，现在一只在院子里散步，一只被装进布口袋——剩下一个乌突突的脑壳在外面转来转去，今天它将被我们带到汉口去。

那三个白水蛋谁也没吃，被包进一个小布袋，放到一个黑色的人造革挎包。那里面鼓鼓囊囊,塞满衣服、毛巾和袜子。“蛋放在那儿是最安全的。”婆婆忘记了不快，为自己的小聪明乐了起来。她是那种极易满足的女人。

她们非要送我们到长途车站。对我们这种很少有人出远门的家庭来说，这是一个不能省略的重要仪式。路过生产街菜市场，母亲去早点摊上买了四个肉包子，我吃了一个，感觉肉有点腥。我告诉妈妈，结果挨了她一顿好嚼：“哪里腥？你嘴巴腥！肉哪有不腥的！”她将剩余的包子也塞进包裹，拿一张试卷包着。

如果不是凭票进场，她们肯定跟我们到车上，直到车发动才走。可是长途车站兴检票了，她们被拦在外面，一脸沮丧。我却顿时轻松了不少，跟着肩挑背驮的父亲跨了进去。一个面无表情的登记员冷冰冰地瞟了一眼车票，扯下票根，像轰鸭子一样把我们吆上了车。

车上稀稀拉拉坐了七八个乘客，整个车厢却已被塞满了。货架上、座位下、驾驶室、走道，甚至引擎盖上都堆满了大大小小的物品。这时我才理解婆婆说的：“东西实在带得太少了！好难得下一趟汉口，该带的都要带上。”可是又如她所说，实在是找不到什么可带的。除了行李和那只母鸡，她翻遍了整个屋子，终于找到一小袋子炒米，那是前阵子乡下亲戚用一辆二八自行车驮来的。还有就是在菜市场刚买的十五个锅盔。“谁让我们穷哪！不过，”她说，咂了一下干瘪的嘴唇，“你幺大最喜欢锅盔了！蒸肉的时候，垫一个锅盔，不晓得几好吃！”她喜欢什么，就说“不晓得几好”！她总是说汉口几好几好，说得好像她去过一样。

这是我头一次出远门，也是我头一次单独跟父亲待在一起，还要挨得那么近。

不像我们那条街上任何一对父子，他从不问我“你成绩怎么不行啦”“晚上你想吃点什么”，或是“这个暑假你想去哪儿”，从不。我相信他连我读几年级都不一定知道。我们在屋里撞见了，总是漠然地擦身而过。我也说不上为什么。我是说，以当时我的年纪很难考虑到这种问题。我刚满十岁。还谈不上对他有多少了解，有多憎恶。只是惧怕，就像鼠与猫的关系，不是迫不得已，我尽量不跟他接触。

他是街上出名的酒鬼，从晚饭开始喝，可以一直喝到凌晨。有时他喝着喝着会突然哭起来，一边哭一边说酒话，问题是，我从来都没听懂他说的是什么。他哭哭啼啼的时候，我恨不得把整条街都挪走，叫别人听不到他的号啕。可街道是挪不走的。

我妈就习以为常："他哭他的，你睡你的，当他不存在。"

可是，他明明存在呀。他不光会哭，还会发酒疯，冲着所有人咆哮，砸碎所有的碗碟，以及一切能发出声响的东西。尽管我家已没什么可扔的东西了，连大门上也有他踹过的破痕。我最怕他动手，因为挨打的总是我妈。偶尔，那种粗暴也会转移到我身上——有一回，我被他挂在床架上，用皮带抽了十几下。那次他是清醒的，原因在我，我撒了谎被他捉到。

其实白天他并不是这样。他不是暴君，而是一个清秀、寡言的人。往往这时，邻居们蹲在门口笑话他昨夜是不是又发酒疯。别人戏耍时他也跟着笑，像个犯错的孩子。说起来我还从未见过他哈哈大笑。从来没有。

这时，他病休在家。之前他在县机械厂烧锅炉，也就是站在锅炉前铲煤的工人，后来他的胃被切掉了三分之一，铲不了煤了，就被借到纠察队去了。可他的胃烂掉了。婆婆说到他的胃的时候还要拿手比画："这么长。"我似乎真的看见那遗失的形象，就像一块完整的猪腰子。可是，无论哪份工作我都觉得跟他不符，对不上号。他太清秀了，又太腼腆了，他怎么可能铲煤和抓贼呢？总之，他现在的工作就是待在家里，无所事事。

这更符合他。

相比而言，我偏向于白天的他。但总归来说，不管是白天的还是晚上的他，我都尽量避免跟他接触。当然，能够让我们接触的时候并不多。

但这次不可能了，我得紧紧地挨着他，而且还要跟他待上更久。从上午九点半开始，我们像两个陌生人并排坐在从县城驶往汉口的长途班车上。

不过，对于汉口的向往，还是远大于跟他坐在一起的不适吧。

我们一直在车上等到上午十点一刻，那辆深红色的长途汽车才终于在乘客的抗议声里发动了引擎，整个车身瑟瑟抖动，像是一个极为痛苦的哮喘病人。一些不耐烦的乘客兴奋起来，车厢里说话的声音也跟着提高了，因为如果不这样，他们的声音就会被那股巨大的噪声所淹没。

我跟父亲坐在第五排，正对紧闭的后车门，下面是那个低吼的发动机。这个巨大的震动器让我的肛门一阵酸麻，一种既尴尬又奇怪的体验。

那排座位上不只是我们两个人。这是个三人座，还有一个陌生人跟我们坐在一起。我坐在靠窗的位置，这样我可以一直盯着外面——尽管那里什么也没有。这一路上，所有的房子、屋顶、河塘、牛、鸭、鸡，甚至人，都是一个样的，但我必须紧紧盯着它们，我必须让自己显得对它们更感兴趣，这样我就能减少跟他说话的机会。

他边上是一个戴帽子的人，四方脸，他说自己是搞销售的。他很能吹，就连像我父亲那样木讷的人，他都能找点话说。他太能说了。

比这更让人惊奇的是，父亲居然也能搭上几句话。比如那个人问他去汉口做什么的时候，他甚至回答说，去看自己的妹妹什么的。

当然更多时候他只是全力在应承，他跟不上那个人的思路，只能用哦、嗯、嘀之类的词来应对，直到那个能说会道的人都感到索然无味。

我发现此刻坐在我边上的父亲才是正常的，因为他不像在家里那样，尽管跟陌生人交流不大让他应付得下来。毕竟，至少这时，他看起来与世界上其他父亲、男人都没甚区别，甚至还有一些假模假式的神态。

还是春天那阵，幺大从汉口来信，是喜讯。说自己的老娘也就是我婆婆一辈子都没出过一回县城，现在她好难得分到了一个房子，小是小，但总归是个人的，盼老娘到她那里去住几天，享几天福。

“我哪里享得起那个福哦！”听父亲念完，婆婆从小凳子上起身，“那么死鬼远，汽车颠一天，只怕我的肠子肚子都要呕出来！茂堂啊，你带伢儿去，带他去见见广！哎哟，腰疼，生炉子去了！”茂堂是我父亲的名字。

她可能觉得让父亲带我下一趟汉口，是对小学毕业的我这个暑假最完美的安排。因为她总是耿耿于怀前两次去幺大家我毫无记忆，一次是在我妈肚子里，一次是两岁半。要知道，能拥有一个在汉口的亲戚是很金贵的，这么亲的亲戚，就更金贵了。这是我们家唯一拥有的一种可依靠的那种虚无缥缈的东西，对我来说，则是唯一能够拿得出手的可以向别人吹嘘的事情。

我对汉口的好感是难以形容的。每次幺大从汉口回来——当然她极少回来——也就是我最欢喜的时候。因为她多少会带回一些礼物：苏打饼干、大白兔奶糖、麦乳精、龙卷酥、水果，或者是一些熟食，比如一块卤牛肉之类。都是我没见过或是没吃过的稀罕玩意。

从她嘴里，我知道汉口还有更多诱人的事物，比如解放公园里的旋转木马、六渡桥的无轨电车、蜿蜒而过的长江，还有黄鹤楼下的长江大桥……我甚至无法想象那些石头是如何跨越一条宽阔的江面的，但我知道那条桥应该很壮丽，那条江则可以淹死掉我所有在小学里学到的形容词。

我喜欢汉口。跟现在相反，那时，我就喜欢大得无边无际的东西。

何况，我最好的朋友童伟也在汉口，那几乎是我唯一的朋友。

这条街上和我差不多大的孩子，从来不和我耍。当然，除非他们需要一个猎物，可以戏耍的一个多余的人。嗯，我就是那个多余的人。跟他们耍我占不到一点儿便宜，我知道，但是我仍然远远地看着他们，直到他们其中一个喊到我的名字。

童伟是唯一没有欺辱我的人，他总是维护我。他甚至还送给我一个他父亲自制的乒乓球木拍。我是这么信赖他，我喜欢有他在的时候。从他看着我的眼神里，我感受到别处没有的那种温柔，还有安全。他像我的哥哥，尽管他只比我大半岁。可是，这唯一对我好的朋友，两年前突然搬走了，听说，他去了汉口。他走后，我常常坐在黄昏的门槛上，看着那个紧闭的房子。他再也没回到这里。

车出县界后，父亲第一次开口跟我讲话了，简短，声音很低、很温柔，而且难得地带着征询的意思，一点不像我熟悉的他说话的样子。“吃点东西?”他拿出那三个肉包子，面皮上是试卷上的墨迹。我摇摇头，上车前吃了一个，现在我嘴里还是腥的,闻到味道就反胃。于是他从包裹里拿出一个白水鸡蛋，剥掉蛋壳后递给我，自己嚼起冷包子。我拿着鸡蛋，也吃不下。我注意他一边咀嚼着，一边将另一只手垂下，将手心的蛋壳悄悄撒在座位下。不知为什么,这个微小的动作让我有一点羞耻。我装作什么也没看见，把眼睛侧向窗外。

过了十分钟，他才发现我并没有吃。所以他跟我说了今天的第二句话:“怎么还不吃?”但是语气里并没往常的凌厉和斥责的意味。

我艰难地吞咽着寡淡的白蛋，注视窗外。一旦房屋开始密集起来，我知道，我们马上就要经过下一个市镇了，那是一种难以形容的新鲜感，车外的人、摊点、门店，徐徐从你眼前滑过。美妙的时刻。你会觉得这儿的什么都跟你所在的县城不那么一样。那些地名更是吸引你的注意。田二河——是有两条河?城隍庙，街边还真有一座庙，庙门上是描金的罗汉。

这时车厢里的声音渐渐小了许多，对于邻座的搭讪，父亲显然捉襟见肘，那位推销员看到自己的话题总得不到恰当的回应，果断地闭嘴，闭眼睡起觉来。

再有一会儿，车厢完全安静了，只有一些鼾声埋伏在四处，就像漂浮在隆隆的河流里，时高，时低。经过一段冗长的约四小时的颠簸，一度陷入昏沉和酣睡的乘客们再度骚动起来。就像他们体内有一个准确的闹钟。“要进城了。”一些人很老练地说，一些人在对自己表上的时间，还有一些性急的人已经开始翻点自己的行李了。汽车带着刹拐了个弯，我看到一块“卓刀泉”的路牌。我想象不出它是什么意思，县城里没有这样奇怪的地名。

一路上我没怎么说话，但也睡不着，那些隐隐的兴奋并未消失，它们随着车窗外的树林一路小跑。事实上，我感觉奔驰的是林木，而我是静止的。

直到客车抵近汉口城区，我的口腔里还是那个鸡蛋的味道，它似乎是楔在我的嗓子里，上下不得，让我有一点难受。我的嗅觉和胃是饱的，尽管我的身体是饿的。

好在，我们已经到了。马上就有很多的好东西可吃了。

我是这样以为的。

汽车终于上了大道。

其间车子在308省道路口停了一会儿，有两个乘客从这里下车转道武昌。现在，从车外我能看到的事物有很多，很丰富，街市、车辆、行人、延绵的门店，那是一种宏大的让我突然觉得振奋的场景，我第一次见到街道的内容竟然这么丰富。

又走了二十分钟，车上的女售票员开始嚷嚷："水厂！水厂！要下车的提前准备！"

我开始变得紧张，我问父亲："是这儿吗？"

"不是。"他把头探出去，一边倾听售票员的吼声，一边盯着车窗外。我发现，他比我还紧张，可是他来过汉口的啊。

水厂是一个大站，客车在这里暂停了好些时间，太多的货物要在这里卸下。几分钟后，又开始向前行驶。此时车厢轻松了不少，车座、车厢，甚至车顶都是空荡荡的。

几分钟后，售票员又报了一个站名，我没听大清楚，但是父亲紧张不安的表情却被我看到了，我一直紧张地看着他。我着急于他为什么不问问售票员。事实上在售票员叫嚷时我小声说过："你问问她？"

他"嗯"了一声。

"不是这站。"他收回投向窗外的视线，如释重负。我也看见了外面街道上的地名：唐家墩。在幺大写的那封信上，曾指示我们应该在哪一站下，但显然，我记得她所写的不是"唐家墩"。

从这一刻起，父亲一直焦灼地注视着窗外，似乎在尽力搜索着可能的讯息。又有四个乘客在这里下了车，我也怀着那种焦虑眺望他们离开，混入浩浩荡荡的人群，瞬间就再也找不见，被这座城市所吞没。

我很想提醒他："你去问问售票员吧！"

但我没说，这点我太像他了。

这也是头一次我发现他其实并没想象中那么粗暴，相反，他甚至不敢上前去问询那个胖胖的女售票员："要到我们要下的那个站啦？"

车子陡然摇晃了几下，继续往前行驶，他呆呆地盯着窗外。

我的腿因为紧张而有些麻痹，我将它们卸下来，搁在车道上。我满心焦急却不敢说什么，父亲把我感染了。我盯着那个售票员，她在跟驾驶员说些什么好笑的事，咧着嘴哈哈大笑。

下一站，她报的名字，不是幺大写的那个。

下下个站，也不是。

父亲终于忍不住了，当汽车再度停靠路边，他犹豫了几秒，突然站起来，说我们走。

然后我们慌慌张张地尾随两个乘客下车了，就像是被一种绝望的压迫感驱赶下去的。

可我明明知道我们不应该在这里下车，至少不是这一站。只是我也没说。其实我很想上去，对那个胖女人说："麻烦您，我们要到永清街，应该在哪一站下车？"这句话我在心里至少默念了二十多遍，还是没勇气说出来。我想他应该也是。

我们像游魂一样在人行道上走了两个多小时，沿着宽阔的解放大道，往一个不知道的地方走。他在前，我在后，他走得很快，我必须用尽力气才能跟上他的步子。

自我们下车后，他一直没问过路，一次也没有。

他背着两个蛇皮袋，里面是一只六斤重的母鸡、一袋炒米、十五个锅盔；另一个则是我们的换洗衣服和其他什么沉甸甸的东西。我也提着两个布袋，我甚至忘了里面装的是什么，也许有一张旧毛巾（我们家从来没新毛巾），绝对没有牙刷（这不可能），不重，只是两个袋子分量并不均衡，我必须要经常换手才能让自己舒服一点。

其实如果父亲不是总走得那么急的话，我想我在汉口走几个小时也不会很累，这儿的感觉是不一样的。街两边都是店铺，四面都是五层左右的楼房，远处还有更高的，数了数，吓一跳，妈呀十几层！街边的房子大多涂成深红色，墙壁上有很多广告，甚至镶了霓虹灯——但那时我甚至还不知道“霓虹”这个词。

走着走着，父亲会停驻在某个巷口，想一想，看一看，然后拐进去。这些里巷就像一个个迷宫，最终，这些巷口都到不了那个我毫无印象的永清街。他会失望地从另一个巷口走出来。

我知道他又认错路了。

但我隐约知道了，那个永清街也许就是这个样子的。因为我们穿过了差不多十个里巷，每个里巷似乎都是一模一样的。甚至那里居住的人都是大同小异的，门口搁着竹凳，上面摆着同样的红金龙香烟，或者同样的黄鹤楼酒瓶，深褐色的竹床随意地竖立在楼道，靠着被油烟熏得发黑的墙壁。在巷子里，我看到的那些中年妇女都是相似的，踏着拖鞋，穿着宽大的白色或花点的连体袍子走来走去，白色的肉体肆意地从胸口、袖口和裙底流淌出来——很久以后，我才知道那是睡衣。

最让我难忘的是那些盒子一样整齐的单元楼房里飘出来的油烟味，很香，香得让我的胃一阵痉挛。我花了很长时间才分辨出那是酱油的味道。可是我们家的酱油为什么从来没这么香呢？

我们经过了无数的行人和住户，每到一间打开的门，我忍不住向里面张望一眼，兴许童伟就住在这里哪。

自始至终，父亲没有询问过任何一个人。经过每一个路口、每一个治安亭、每一个戴袖章的人的时候。

天黑了下来，我听到从暗处飘来新闻联播的旋律。

现在，这个城市就像被上帝拨动了开关，我发现自己仿佛置身于奇幻的灯火世界，天穹是黑漆漆一片，我四周都是灯光，不均衡的灯光照耀着眼前的一切，包括阴影。那些五颜六色的霓虹灯次第燃放——再没有比这更叫人激动的时刻了，我甚至已经忘记自己在一个大城市里迷失了。

我们已经在晦暗中走了很久，我不知道多久，就是很久很久。父亲没有表，他的一块梅花表早就被拆得只剩下表盘了。对于他来说，时间是最无所谓的东西。

路上，街市慢慢阒寂，路人越来越少，我们走的这条街上，霓虹也隐没了，只剩下枯燥的路灯。就在绝望的时刻，我们眼前出现了一道长长的铁栏杆，里面有亮光，可以看到草坪和高大的树木，还有影影绰绰的建筑。不知为什么，我隐隐觉得应该要到了，就我们的路程和花去的时间而言，走到北京似乎也应该快了。

“累不累？”

他突然问我。说话时很柔和，好像那神奇的路灯使他变得跟以往不一样了。

我摇摇头。

“你怪我吗？”

我想了想，再摇摇头。

有一年，不知道七岁还是更晚一点，我突然就不开腔了。

婆婆以为我病了，其实不是。那天，我半夜起来撒尿，经过厢房时，透过窗子我看到奇怪的一幕：父亲跟他的表弟，也就是跟我也玩得很好的俊平叔叔，他们抱在一起。我不知道他们为什么这样，但我忽然觉得非常羞耻，还很愤怒。虽然我也不清楚自己到底在愤怒什么。很长时间我不想说话。后来我忘了这些，所以我也就好了。当然婆婆觉得是她的主意救了我，她让父亲和老爹把我的狗杀了，把狗心和狗舌磨成粉塞进我的肚子。我想，那晚父亲也许也发现了我。他问我这个问题是不是因为这个，我觉得是，又觉得不是。

“饿不饿？”他继续问道。

我还没来得及回答，肚子已回应道：“咕咕咕”。

他笑了，这让他看起来有了一点不同寻常的温柔。

“再过刻把钟，我们就到了。”

他说这句话时，有着非比寻常的笃定。我鼻子一酸，差点哭出来。我饿得已经不行了，我们走了至少五个小时，路过了各种各样的小吃铺子、饭馆、面馆，我们路过了热干面的芝麻味、牛杂的香气、焦黄的欢喜坨、排列得整整齐齐的锅贴。他从不曾向它们瞟上一眼。他不吃任何东西，于是也不问我是不是需要吃什么东西。他就这样走着，往一个不确定的方向执拗地走着，而且走得那么快，仿佛我们来到汉口就是为了这个。

走了几步，他回头，声音里有一丝兴奋。

“你看，就是这儿！”

我朝他指向的街对面看去，就在铁栅栏的尽头，高高的石头门楣上篆刻着几个大字：“解放公园。”

幺大家在离解放公园不远的永清街，这是我们全家都知道的事实。

可我们还是又走了半个多小时，绕了几段弯路，才找到那条街。我们最终是怎么找到的呢，因为看到了那栋坐标——八路军办事处遗址。幺大家就在这栋楼对面。

三十年后，幺大还记得那晚。

有天，她也不提前招呼，突然来到我家。本来，她那个老年打鼓队要去贵州参加一个婚礼，可是她执意邀请伙伴们“顺路”来重庆逛逛，看看她那神奇的侄子。原以为要吃一辈子牢饭的她的侄子，居然还混成了像模像样的人物呢。于是，十几号人呼啦啦就来了，一点不客气，满满当当地占领了我的房子，三个房间四个空调全开起，阳台、卫生间、卧室、客厅，到处挂着湿哒哒的换洗内衣。退休让她变了一个人。这老太婆宁可满世界穷游，也不愿安静地在家待着。

晚饭后，我们离开闹哄哄的家在小区散步，在浓烈的黄桷兰香味里，我说到那次下汉口的事。她居然还记得清清楚楚。

她说那天上了一整个白班，晚上睡得正香，做梦梦见有人敲门。“敲得那么鬼轻，我还真以为是做梦呢！”

“哪想得到嘛，”她轻轻叹气，“你爸爸,就是不喜欢说话。”然后愤慨起来，“从来就不晓得问个路！一个苕货！”

对我来说，那晚之后的记忆完全消逝了，我曾经那么期待在汉口的每一天、每一件事、每一样食物……统统都不记得了。我偏偏记得这趟路途，它如此深刻地烙在我的记忆里。

直到父亲去世，我们再也没这么单独而紧密地走在一起。尽管有过那段独处的时刻，也并未对我们恶劣的对立关系有任何促进。

事实上，我从未叫他一声“爸爸”。一次都没有。

从汉口回来不久，我第一次敢于跟父亲顶嘴了。再后来，我敢和他对抗了。

有天，夜自习归来，他又喝醉了，站在高高的台阶上，眼睛鼓起，逮着一个无辜的过路人骂骂咧咧，手指头在黑暗的光影里划来划去。我扔下书包，横在他面前，恶狠狠地盯着他。他用同样凛冽的目光瞪着我。我们瞪了一会儿，他咆哮着，劣质勾兑酒的味道全部喷溅到我脸上，“你还敢瞪我？！”我说你回屋去。“是不是活得不耐烦了！滚！”他吼。我昂着头。“回屋去！”他的手指探出来，点着我的额头，犹如某种粗重的打桩机。“老子打死你个小鸡巴！……我说了！回屋去！”我拼命克制自己，但身体瑟瑟发抖。他讶异了半秒，手指头又点过来，看样子接下来就是给我一个耳光。婆婆突然在旁边说：“伢儿，捶他！捶他狗日的！”于是，我的拳头就迸了出去——那天，我们的纠斗以他流血而结束。我跑进厨屋拿了一柄火钳刺伤他的手掌，血滴得到处都是。他感觉不到疼痛，但溅出的血让他的酒醒了。那年我十二岁，已经长得像个大人了。

我们这一生都在对抗。

有天，我终于逃离了那个家，那个破碎的地方，在外面飘飘荡荡十六七年，我很少回去。偶尔回去，我发现，胜利二路完全变了，被紧紧挤在旧城区，就像一块寂寞的疮疤，像一种即将死去但还未彻底死掉的物质，不再热闹，也不可能再热闹了。甚至它周围的一切事物也都变了。文化宫早就没了，电影院也拆了，文化市场剩下的顶棚都清除干净了，那儿现在是两排新商铺，行人稀少，就像是新建的一种整洁的空洞。在街上，我走一整天见不到一个熟悉的脸孔，所有认识的那些街坊，就像往年开过的花再也不可能活过来，搬走的也不会再回到这儿了。

我最近一次回去，是因为父亲。他死了。

他是以一种残酷的方式离去的，对我们这些生者而言。在医院，他脆弱的血管由于承受不了寒冷的凛冬陡然爆裂，身下的被褥被血浸透，在血泊中他清醒地躺了整整一晚，血尽而死。终年六十一。他死后，一直不闭眼。我妈说，这是他想等我回来。我表弟用手机拍摄了一段视频，死前一晚，他安静地蜷曲在血泊中，眼睛睁着，不知在想什么。

看着看着我浑身战栗。自那时起，我便一直在思索这个问题：

他是谁？

为什么他会成为一个这样的人？

可唯一握着答案的人已经死去。

但我始终记得那次路途。我们一块儿乘车去汉口，他带着我，在那个浩瀚的迷宫里走失了好几个小时，那是我知道的那个酒鬼为数不多的温柔的时刻。

图书在版编目（CIP）数据

失踪在街上的人 / 宋尾著 . — 太原 : 北岳文艺出版社，2023.8
ISBN 978-7-5378-6713-9

Ⅰ . ①失… Ⅱ . ①宋… Ⅲ . ①短篇小说－小说集－中国－当代 Ⅳ . ① I247.7

中国国家版本馆 CIP 数据核字（2023）第 070333 号

失踪在街上的人

宋尾◎著

出品人
郭文礼

选题策划
王朝军

责任编辑
王朝军

书籍设计
张永文

印装监制
郭　勇

出版发行：山西出版传媒集团・北岳文艺出版社
地址：山西省太原市并州南路 57 号　邮编：030012
电话：0351-5628696（发行部）　0351-5628688（总编室）
传真：0351-5628680
网址：http://www.bywy.com　E-mail：bywycbs@163.com
印刷装订：山西人民印刷有限责任公司

开本：787mm × 1092mm　1/32
字数：127 千字
印张：7
版次：2023 年 8 月第 1 版
印次：2023 年 8 月山西第 1 次印刷
书号：ISBN 978-7-5378-6713-9
定价：48.00 元